Five Find-Outers and Dog

・五人と一匹 III・

見えない犯人

Mystery of The Invisible Thief

エニード・ブライトン 作

前田三恵子・勝又紀子・松本理子 訳

実業之日本社

Five Find-Outers and Dog

五人と一匹 Ⅲ

見えない犯人

Mystery of The Invisible Thief

エニード・ブライトン 作

前田三恵子・勝又紀子・松本理子 訳

目　次

装画✤小林めいき
装丁･本文デザイン✤松木美紀

おもな登場人物

・―・ファット・―・
ふとっちょで、頭がよくて、ちょっと生意気。そのくせやさしいところも。変装が得意。

・―・ラリイ・―・
いちばん年上だけあって、落ちつきがある。しっかりした少年。デイジイの兄。

・―・デイジイ・―・
ラリイの妹。動物好きのやさしい少女。ときどき、おとなみたいな口をきく。

・―・ピップ・―・
明るくほがらかで、とても素直な性格。ベッツのお兄さん。デイジイとは同じ年。

・―・ベッツ・―・
５人の中でいちばん年下。子ども扱いされてときどき泣きベソをかく。ピップの妹。

・―・バスター・―・
ファットが飼っているスコッチ犬。事件を解くカギをいろいろ見つける利口な名犬。

・―・グーン巡査（どいとれさん）・―・
「どいとれ」が口ぐせのおまわりさん。探偵団に先をこされてイライラすることが多い。

・―・ジェンクス警部・―・
背が高く、とても親切な警部さん。子どもたちのいうこともちゃんと聞いてくれる。

第1話
着ぐるみのネコ

Mystery of
The Pantomime Cat

前田三恵子 訳

1　グーンさんとピピンさん

春休みがはじまってから、もう一週間たっていた。今日は『五人と一匹《いっぴき》』探偵団《たんていだん》のピップとベッツのきょうだいが、おばさんのところから帰《かえ》ってくる。ラリイとデイジイは、さっきから駅《えき》の入口に腰《こし》かけて、仲間《なかま》のファットが現《あらわ》れるのを待《ま》っていた。

「ファットは遅《おそ》いわねえ。ピップとベッツの汽車《きしゃ》に間に合わないわ」

と、デイジイは心配《しんぱい》そうに道路《どうろ》の方を見つめた。

その時《とき》ラリイは、「来た！」と叫《さけ》んでかけだした。いつものように、ファットは黒《くろ》いスコッチ犬《けん》のバスターを連《つ》れていた。

「ファット、早く、早く」

「だいじょうぶ、時間《じかん》はまだたっぷりあるよ」

ファットは、落ち着きはらってつけくわえた。

「これで五人の探偵団はせいぞろい。またも事件《じけん》の解決《かいけつ》にのりだすわけだ。愉快《ゆかい》だなあ」

すると、「ウフッ」とバスターが不平《ふへい》そうなうなり声をあげた。

「ごめんごめん、『五人と一匹』探偵団だ。バスター」

と、ファットはバスターに謝《あやま》ってからいった。

「ところで、きみたち、『どいとれ』さんに会ったかい?」

と、たずねた。ファットのいう『どいとれ』さんは村の巡査《じゅんさ》だが、五人の子どもたちがいつも自分よりうまく事件を解決してしまうものだから、ひどくいまいましく思っているのだった。

「会えばたちまち『どいとれ!』ってどなられるさ。――しかし、ぼくの頭が役《やく》にたつような大事件が、この休み中に、起《お》きるかなあ」

ラリイがまじめな顔してこういうと、ファットもデイジイも笑《わら》ってしまった。

「パパが聞いたら、その頭で、どうしてもっとましな成績《せいせき》がとれないのかって、いうわよ」

「通信簿《つうしんぼ》にばかり、頭を使《つか》っていられないのさ」

と、ファットがなぐさめた。

「でも、ファット、あなたはいつだっていい成績をとるじゃないの」

デイジイは、ファットの頭のよさには、いつも感心《かんしん》していた。

「ぼくは特別《とくべつ》さ」

「あいかわらず、ファットはうぬぼれやだな」

ラリイがいい返した時、汽笛《きてき》が鳴《な》った。

三人と一匹は、あわててホームへかけこんだ。見ると、ホームには見覚《みおぼ》えのある制服姿《せいふくすがた》のグーン巡査《じゅんさ》がいた。バスターが足もとへ寄《よ》っていくと、グーンさんのかみなり声が落ちてきた。

「どいとれ！　イヌはつないどかなくちゃならん！」

「こんにちは、グーンさん」

三人は、グーンさんのどなり声には知らん顔で、愛想《あいそう》よく、あいさつした。

そこへ、汽車がごおーっと地ひびきをたてて、はいって来た。

「ピップだ！」

ラリイは、巡査のヘルメットをはらい飛《と》ばしそうな勢《いきお》いで、手を振《ふ》った。ベッツとピップが、汽車から出てきた。

「まあ、ファット、お迎《むか》えありがとう。こんにちは、ラリイ、デイジイ」

「やあ、ベッツ、元気だね。ピップ、ちょうどよかった。事件を手伝《てつだ》ってくれ」

ファットは、そばにいるグーンさんに聞こえるように、わざと大声でいったが、あいにくグーンさんは、ピンク色の顔をにこにこさせた若《わか》い巡査と、握手《あくしゅ》しているところだった。ファットの声は耳にはいらなかったらしい。

「おや、おまわりさんが、一人増《ふ》えたのかな？　ピーターズウッド村に、二人ってことになるのかな？」

ラリイの言葉《ことば》に、ファットも若い巡査をながめた。

「ぼくは、なんだかあの人が気にいったな。よさそうな人だもの」

「耳のかっこうが、とてもいいわ」

と、ベッツもいった。ピップが横《よこ》からいった。

「ばかなことというなよ、ベッツ。ところでファット、バスターはどこ？」

バスターは、さっき、汽車がはいって来た時、ベンチの下に隠《かく》れたきりだったが、ピップの声を聞いて、うれしそうに這《は》い出してきた。

「このイヌだ！」

グーンさんは、バスターを見ると、若い巡査《じゅんさ》にいった。

「え、ピピン、しつけが悪《わる》いイヌだよ。気をつけるんだな」

「すると、グーンさん。これからは、おまわりさんが二人がかりで、バスターを追《お》いかけるんですか？」

ファットは、むっとしてからだをのりだした。

「わしが休暇《きゅうか》をとるあいだ、このピピン君にかわってもらうんだ」

グーン巡査は、目を丸《まる》くしているピピンさんをふり返っていった。

「きみも、覚《おぼ》えておくといい。この子どもたちときたら、頭がいいとうぬぼれて、どんな事件にも鼻《はな》をつっこんできよるから」

「ようこそ、ピーターズウッドにいらっしゃいました。ピピンさん」

ファットは、若い巡査に、ていねいにあいさつした。

「ぼくたちにできることなら、なんでもお手伝いしますよ」

「そらそら、じゃまをするなといったのがわからんかね。どいとれ！　イヌもだ。ピピンさんに、おまえたちのいたずらを、びしびしとりしまってもらうぞ」

ピピン巡査は、グーンさんと並《なら》んで歩きながら、ふり返った。ファットは、片方の目をつぶって見せた。ピピンさんも、ウインクをし返してきた。

「ねえ、ファット、グーンさんは、いい気になって、ぼくたちのことをチンピラだなんていいつけてるよ」

と、ピップは憤慨《ふんがい》した。

「しかたがない。グーンさんには、わかってもらえないんだ」

と、ファットもうなずいた。

「とくに、あの太《ふと》った子には注意《ちゅうい》しろよ」

と、グーンさんは話し続《つづ》けた。ピピンさんは、不思議《ふしぎ》そうな顔をした。

「あいつは、このわしに、ニセの手がかりをつかませちゃ、これまで何回、事件をめちゃめちゃにしたことか。とんでもないやろうだ」

「でも、ジェンクス警部《けいぶ》は、ほめておられます。確《たし》か……」

「信《しん》じてはいかん。警部にとりいって、だましとるんだ。赤毛の子どもたちが、うろちょろしてたら、気をつけにゃいかん」

グーンさんは顔をむらさき色にして怒《おこ》っていた。

「赤毛の？　それはまた、よくわかりませんが……」

「頭を使うんだね、きみ。あのファットは、変装《へんそう》の名人《めいじん》なんだよ。いつかも、赤毛のかつらをかぶって、このわしをまんまとだましおった。じつに、たちの悪い子だ。きみも気をつけてくれたまえ」

ピピンさんは、びっくりしながらも、かしこまって聞いていた。なにしろ、グーンさんは自分の二ばいも年上で、ここの仕事にはくわしいのだ。まじめで熱心《ねっしん》なピピンさんは、この人のかわりをつとめるのを、とてもほこりに思っていたくらいだったから。

「わしの留守《るす》のあいだ、たいしたことも起こらんと思うが、いざという時は、あの連中《れんちゅう》にさとられんように、わしに知らせてくれたまえ。あのイヌにも気をつけてな。いいね」

ピピンさんは、すっかりこんがらかってしまった。ほんとに、あの子たちはそんなに悪い子なんだろうか？

2 ピピン巡査歓迎計画《じゅんさかんげいけいかく》

　春休みは、夏休みほど長《なが》くない。しかも、ピップとベッツがおばさんのところへ行って、一週間も留守《るす》をしたから、あとはもう二週間と残《のこ》っていなかった。

　さっそく、五人は集まって、その短《みじか》い休みをどううまくつかおうか、と相談《そうだん》をはじめた。

「お天気の日ばかりだといいなあ。サイクリングやピクニックにも行きたいし」

と、ラリイがいうと、デイジイもいった。

「リトル劇場《げきじょう》で、お芝居《しばい》をやってるわ。ほら、ネコのおかげで大金持《おおがねもち》になった、ディック・ホイッチングトンの劇よ。わたしはもう見たけど、もう一度《いちど》みんなで行かない？　すごくおもしろいの」

　しかし、ファットはあまり気のりしないようだった。

「ああ、あのクリスマスにも来た劇団だろ。ずいぶんヘタクソな時《とき》もあったじゃないか。ぼくを出してくれたらなあ。先学期《せんがっき》もさ――」

「ファット、また学芸会《がくげいかい》で主役《しゅやく》をやった話なら、ごめんだよ。きみの学校じゃ、ほかの生徒はよほどヘタクソだとみえるね」

「でも、ファットはお芝居《しばい》が上手《じょうず》だわ。いつか、風船《ふうせん》売りのおばあさんになった時なんか、わたしたちだって、わからなかったじゃない？」

ベッツがほめると、ファットはうれしそうに笑《わら》っていった。

「いやあ、また変装《へんそう》したくなっちゃったなあ。――『どいとれ』さんの留守《るす》のあいだに、何か持ちあがると愉快《ゆかい》だな。『どいとれ』さん、くやしがるだろうな。ピピンさんは若《わか》いし、あんまり、腕《うで》ききって感じじゃないけど、いい人らしいよ」

「ね、ピピンさんのために、事件《じけん》をこしらえてあげない？」

と、ベッツがとんでもないことをいいだした。

「ちっちゃな事件よ。手がかりやなんか、みんな置《お》いとけば、あの人、すごくはりきっちゃうわよ」

ベッツの思いつきに、みんなはあっけにとられたが、ファットはニヤニヤしていった。

「この村には、ちょっとしかいないんだから、何か事件があったほうが、ピピンさんもはりあいがあるだろうな」

「ねえ、どんな事件にするの？　あたしは、ファットの変装のあるのがいいわ」

ベッツは、自分の思いつきがとりあげられたので、ごきげんだった。

「みんなで、一生懸命《いっしょうけんめい》考えてよ。あたしには、あまりいい考えは浮《う》かばないわ」

「デイジイはどうだい？」

ファットがきいた。

「あんまりいい考えでもないけど、ピピンさんに謎《なぞ》の手紙を出すってのは？」

「すぐ、ぼくらが疑《うたが》われるな。ラリイは？」

「夜、ピピンさんのとこの裏庭《うらにわ》で、あやしい音がするってやつはどうだい？」

「そうだな。もうちょっと、気のきいたのないかな。ピップは？」

「うん、夜中に、どこかで、ピピンさんを待《ま》っていて、そばに来たら、ひそひそ声でしゃべる。それから、ぱっとかけだすってのは？　なんかたくらんでいる人間に見えないかな」

「なるほど、ちょっといいな。よし、まとめてみよう」

みんなは、ファットのへの字にむすんだ口もとを、頼《たの》もしそうに見つめた。たちまち、ファットの脳《のう》みそが、働《はたら》きだしたようだ。

「うん、こうしよう。まずぼくとラリイが悪者《わるもの》に変装する。ピピンさんがパトロールする場所《ばしょ》と時間《じかん》を調《しら》べておいて、その途中《とちゅう》、どこかの空《あ》き家《や》で待ちぶせする。ピピンさんがやって来たら、わざと大きな声で何かいって、ぱっと逃《に》げ出すんだ。見られたくないようなふりをしてね。すると、ピピンさんは懐中電灯《かいちゅうでんとう》であたりを探《さが》すだろう。だからそこにノートのきれはしかなんか置いとくんだ」

ファットは続《つづ》けた。

「紙には、その次に会う約束《やくそく》の場所と時間を書いておく。もちろん、インチキだよ。しかし、あやしいとにらんだピピンさんは、そこへ出かけていくに決まってる。すると、そこで、また新《あたら》しい手がかりを発見する、って具合《ぐあい》だ」

みんな、賛成《さんせい》だった。さっそく、今夜《こんや》のうちに、ピピン巡査《じゅんさ》のパトロールの時間と場所を調べ、それから、てきとうな空き家を見つけることに、話が決まった。このていどのいたずらなら、たとえ見つかったとしても、『どいとれ』さんにどなられるくらいで済《す》むだろう。

その夜、七時二十五分に、ラリイとファットは、ピピン巡査がいる村の交番《こうばん》へ向《む》かった。交番の前まで来ると、二人は、やぶに隠《かく》れて、しばらく待った。

やがて、あかりが消えると、ピピンさんがドアから姿《すがた》を現《あらわ》し、大通《おおどお》りに向かって歩きだした。二人は用心深《ようじんぶか》く、あとをつけはじめた。ピピンさんは念入《ねんい》りに、両側《りょうがわ》の店の戸じまりに注意《ちゅうい》しながら、ゆっくり歩いていく。あとを追う二人は、ピピンさんが立ち止まるたびに、すばやくからだを隠さなければならないので、ひどく気をつかった。

一時間もすると、ピピンさんは、大通りから横道《よこみち》にはいった。町じゅうを見回《みまわ》るつもりらしい。もし、毎晩《まいばん》このとおりに歩いてくれたら、ピピンさんをつかまえるのはわけない。

「九時だ」

教会《きょうかい》の時計《とけい》が九つ鳴《な》るのを聞いて、ファットがささやいた。

「ここはウイロー通りだ。向こう側に空き家がひとつある。明日《あした》の晩《ばん》、あそこの庭《にわ》に隠《かく》れることにしよう」

ラリイはほっとした。

「うん、風は冷《つめ》たいし、もう飽《あ》き飽きしちゃった。じゃ、明日ピップの家に集まって、みんなで計画を練《ね》ろう！」

3　驚《おどろ》いたピピン巡査《じゅんさ》

次《つぎ》の夜八時、五人はラリイの家の庭《にわ》の小屋に集まった。ファットは、大きなトランクにいれた、変装用《へんそうよう》の道具《どうぐ》を持《も》ちこんだ。

「ピピンさんがライトを向《む》けた時《とき》、すごい悪者《わるもの》に見えなきゃだめだ。ラリイ、このひげをつけてごらん。ぼくはこの赤毛のかつらとぼろ帽子《ぼうし》だ」

トランクの中には、変装術《じゅつ》の本から、つけひげ、つけまゆ毛、セルロイドの入《い》れ歯《ば》などまでそろっていた。この入れ歯をするとすごい出っ歯にばけるのだ。じっさい、ファットは変装のことにはくわしかった。

まず、もじゃもじゃのあごひげをつけて、顔をひんまげ、できたしわに黒《くろ》い顔料《がんりょう》をぬりこむ。

そして、さらにほうきのようなまゆ毛をつけると、まるっきり、見わけがつかないほど、人相《にんそう》がかわってしまう。

「まあ、なんてすごい顔！　ファット！」

と、ベッツが、本当《ほんとう》にこわそうな顔をした。

「じゃあ、目をつぶっていなせえ」

ファットがにやりと笑《わら》った。前歯がかけて、大きな黒い穴《あな》が開《あ》いていた。ベッツは目をむいた。

「まあ、歯がない。どうしたの？」

「黒くぬりつぶしただけさ」

ファットは、もう一度顔をゆがめると、あごをしゃくってみせた。ラリイも、負けずに口をねじまげてみせたが、鼻の下のひげが、少し多すぎるようだった。

「つけすぎちゃだめだ、ラリイ。かえって、ばかに見えるよ」

と、ファットが注意《ちゅうい》したが、ラリイは夢中《むちゅう》だった。

「気をつけて口をきけ。おれはつるし首のレオナードだぞ」

「二人ともすごいわよ。ピピンさんは、人間だと思わないんじゃない？」

デイジイがいうと、ファットは心配《しんぱい》そうな顔になった。

「本当？　デイジイ。じゃ、かえって、見抜《みぬ》かれちゃうかな」

「ううん、おまわりさんて、悪者やごろつきばかり見ているでしょ。だから、いいんじゃない？」

「時間《じかん》がたつよ」

さっきから、むっつりだまりこんでいたピップが注意した。ラリイやファットのように、背《せ》が高《たか》くないので、変装の仲間《なかま》にいれてもらえなかったものだから、少しきげんが悪いのだ。

ラリイとファットは、足音をしのばせて、小屋から庭へしのびでた。ところが、ちょうど裏口《うらぐち》の前にさしかかった時、だれかが中からドアを開けた。明るい光に、おそろしいごろつきの姿《すがた》が、はっきり浮《う》かびあがった。とたんに、「きゃーっ」と悲鳴《ひめい》がして、ドアがばたんと閉《し》まった。

二人の少年は、あわてて通《とお》りへ飛《と》び出《だ》した。ベッツとピップが自分の家へ戻《もど》っていったあと、デイジイが家の中にはいると、コックのジャネットさんがパパに二人のごろつきの話をしていた。

「とてつもない大男でしたよ、だんな様。わたしをにらみつけて、おそろしいうなり声をあげたんでございます」

一方《いっぽう》、ファットとラリイは、人の足音が近《ちか》づくたびに、ものかげに隠《かく》れながら、暗《くら》い夜道を歩いて、空《あ》き家《や》にやって来た。こんな姿を人に見られたら、ただごとでは済《す》まない。二人は表門《おもてもん》から、こっそりしのびこんだが、うしろにも、もうひとつ門がある。

「ピピンさんがやって来たら、やぶの中で、ひそひそ話をするんだよ。きっと、表門からはいって来るよ。そしたら、そのスキに、裏門から逃《に》げ出そう。ただ、その前に、一度《いちど》この顔にライトを当てさせるんだ」

ファットがいうと、ラリイはうなずいた。

「ノートのきれっぱしは、持ってきた？　ファット」

ファットは、ポケットから封筒《ふうとう》を取り出した。中に、小さくちぎったノートのきれはしがいくつかはいっている。それらをつなぎあわせると、『金曜日、リトル劇場《げきじょう》裏、午後十時』となるはずだ。ファットは、これがどんな効《き》き目《め》を現《あらわ》すかを考えて、思わずニヤニヤしながら、紙をまきちらした。

その時、門の方で音がした。

「しっ！　来たぞ。あのせきばらいはピピンさんのだ」

ラリイが注意した。

ピピンさんが近づいてきた。ファットがへんなかすれ声をだした。ラリイはやぶをがさがさと動《うご》かした。続《つづ》いてファットが、少し強くいった。

「しーっ！」

ピピンさんは、すぐライトをつけた。

「だれだ！　出てこい！」

ピピンさんの声はするどかった。

「逃げるのはまだだ。顔を見せるんだ」

ファットにいわれて、ラリイはもう一度、やぶをがさがさやった。ピピンさんは、すぐ音のする方へライトを向けた。

二人のすさまじい顔が、丸《まる》い光の中に照《て》らしだされた。ピピンさんは、思わず立ちすくんだ。

「いまだ！」

二人の少年は、裏門から逃げ出した。ピピンさんはすぐあとを追《お》った。

「こらっ、止まれ、止まれ！」

ピピンさんが、こんなに勇敢《ゆうかん》だとは、思いがけなかった。もし、だれか通りかかって、ピピンさんに力を貸《か》そうなどとしたら、何もかもおしまいだ。

しかし、途中《とちゅう》で会った肉屋のおじさんも、街灯《がいとう》に照らされたファットのおそろしい人相に、どぎもを抜かれて、手をだすどころではなかった。

おかげで二人は、どうやら無事《ぶじ》にラリイの家の庭の小屋に逃げ戻った。

「うまくいったね、ラリイ。いま頃《ごろ》ピピンさんは、あそこに戻《もど》って、あのあたりを調《しら》べてるだろうよ。あの紙きれを見つけて、金曜日には、きっとリトル劇場裏にやって来るよ。ちょっとしたスリルだったなあ」

「うん、このかっこうのままで、もうひと回《まわ》りして、だれかに見せてやりたいくらいだよ」

「それはやめたほうがいいな。さあ、早く脱《ぬ》ごう。でも、あれがグーンさんだったら、ちぢみあがったろうになあ」

そのころ二人をつかまえそこなったピピン巡査《じゅんさ》は、すっかり興奮《こうふん》していた。空き家の庭に引き返してくると、さっそくあたりを、たんねんに調べはじめた。二人が立っていたやぶの下に、足あとがある。それに紙きれだ。やつらが落としていったのだろうか？　紙きれは八つ。何か書いてあるらしい。

（よし、帰ってから、とっくり調べるとしよう）

巡査は、ポケットから巻尺《まきじゃく》を取り出すと、土の上の足あとを、ていねいにはかった。それから、たばこの吸《す》い殻《がら》でも落ちていないかと、きょろきょろしたが、ほかには何ひとつ、手がかりらしいものは見つからなかった。

その夜、ピピンさんは、真夜中《まよなか》まで起《お》きていて、紙きれを読《よ》んだり、足あとの寸法《すんぽう》を写《うつ》しとったりした。これは、巡査になりたてのピピンさんにとって、生まれてはじめての事件だった。

（よし、金曜日の晩《ばん》は、よいのうちから劇場裏にはりこんでやるぞ）

そう思うと、ピピン巡査《じゅんさ》の胸《むね》は、うれしいような気持ちでいっぱいになってきた。

4　赤毛事件《じけん》

ピピン巡査《じゅんさ》に、事件をつくってやったつもりの五人は、すっかり気をよくした。次《つぎ》の朝、ラリイは巡査に会うと、にこにこしてあいさつした。

せんぱいのグーンさんの注意《ちゅうい》を思い出したピピンさんは、疑《うたが》わしそうな目でラリイを見つめた。

「おはようございます、ピピンさん。もうなれましたか？」

「もちろんですよ」

「何か事件はありませんか？」

ピピンさんはいやな顔をした。

「あっても秘密《ひみつ》だ。きみたちのことは聞いているからね」

「そうですか。それはそうと、きのうの夜、うちのコックのジャネットが、裏口《うらぐち》でごろつきを二人見たっていってましたが――」

ラリイが誘《さそ》いをかけると、ピピンさんはたちまち話にのってきた。

「ほう、それはどんなやつだい？」

「一人は赤毛なんですって。――でも、ジャネットに会ってきいてみたらどうですか？　何か、おまわりさんに心あたりでもあるんですか？」

「いや、なに」

ピピンさんは、あわててラリイと別《わか》れると、歩きながら考えた。

（ラリイの家のコックも、赤毛のあやしい男を見たといっている。これは同じやつに違《ちが》いない。よし、行ってきいてみよう）

そこで、さっそく、ジャネットのところへ行って、二人のあやしい大男の人相《にんそう》をきいてみると、確《たし》かに、ラリイのいったとおりだった。そこでピピンさんは、赤毛の男に注意しはじめた。

一方、ファットは、ジャネットのところへピピン巡査が聞きこみに来たことを知って、大満足《だいまんぞく》だった。

「これで、変装《へんそう》したかいがあったな。さあ、ピピンさんのために、赤毛の男をつくってやらなきゃ」

その日から、ファットの活躍《かつやく》がはじまった。

まず、お昼《ひる》に、赤毛の電報配達《でんぽうはいたつ》の少年が、ピピンさんのところへ、わけのわからないへんな住所をききに現《あらわ》れた。

一時半、今度《こんど》は、かごをかかえた赤毛の男がやって来た。その男は、ひどい出《で》っ歯《ぱ》で、舌《した》がうまく回《まわ》らない。まるで外国語《がいこくご》をしゃべるような言《い》い方《かた》で、

「おほれいりまひゅが、ゆうびんひょくはでこでひゅか？」

と、たずねて、ピピンさんをあっけにとらせた。

二時半には、もう一人の、赤毛の男が、間違《まちが》って配達されたらしい、という新聞《しんぶん》を届《とど》けにやって来た。ピピンさんは、グーン巡査のとっていたものだろうと考えて、お礼《れい》をいったが、その男の頭を見て、あっ、と声をあげた。また赤毛だ。

ピピンさんは落ち着かなくなってしまった。もし、もう一人赤毛の男に出会ったら、自分はまじないばあさんのところへでも行って、おはらいをしてもらうよりほかはない。

ところが五時半、手紙を出しに外《そと》へ出た巡査は、またもや、帽子《ぼうし》から赤毛がはみ出ている年よりが、ステッキを持って目の前を歩いていくのにでっくわした。

（やっぱり、おれの目がどうかしているんだ。赤毛のことが、頭にこびりついて離《はな》れないとみえる）

その時《とき》、ピピンさんは、はっと思いついた。グーン巡査は、赤毛がちょろちょろしだしたら、気をつけろ、といっていたのだ。この赤毛騒《さわ》ぎは、きっとファットのいたずらに違いない。で

も、ちょっと人数が多すぎる。ピピンさんは、その日に出会った赤毛の男たちを、一人ひとり思い浮《う》かべた。

（そうだ、もう一人待《ま》とう。そして、今度こそ、ぎゅーっという目にあわせてやるぞ！）

ところで、そのもう一人が、牧師《ぼくし》の弟《おとうと》さんだったから大変《たいへん》。つまり、ファットの変装でなく、本物《ほんもの》の赤毛の男だったのだ。かれが自転車《じてんしゃ》で走ってくるのを見つけたピピンさんは、真ん前《まえ》に立ちふさがった。

「どうしたんですか？　おまわりさん。ぶつかっちゃうじゃありませんか」

「名前と住所をいいたまえ」

ピピン巡査《じゅんさ》は、手帳《てちょう》を取り出しながら、そういった。

「セオドア・ツイット。牧師館《ぼくしかん》に住んでいます」

「ほほう、牧師館とはね。だが、だまされんぞ」

ツイットさんは、ピピンさんの頭がおかしいのではないかと、心配《しんぱい》そうな顔つきで見かえした。ところが、ピピンさんは、その顔つきをこわがっているものとカン違いした。そして、いきなり、ツイットさんのふさふさした赤い髪の毛をつかんで引《ひ》っぱった。

「おまわりさん！　いったいどうしたんですか？」

ツイットさんは、自転車から落ちそうになって叫《さけ》んだ。

ひっこぬけるかと思った髪《かみ》の毛が、びくともしなかったので、ピピン巡査はきもをつぶして、真《ま》っ赤《か》になった。ツイットさんは頭をなでた。

「どうかしたんですか？　おまわりさん。さっぱりわけがわからない。やあ、ちょうど姉《あね》が来ましたから、証明《しょうめい》してもらいますよ」

そこへ、からだの大きな、気の強そうな女の人が近《ちか》づいてきて、太《ふと》い声で、ほえるようにいった。

「セオドア、いったい何事です！」

ピピンさんは、いたたまれなくなって、逃《に》げ出《だ》した。

その晩《ばん》セオドアの姉《ねえ》さんは、ファットのお母《かあ》さんをたずねて来て、ピピン巡査のとんでもないやり方を、憤慨《ふんがい》しながら話してきかせた。居間《いま》にいたファットは、どうにも笑《わら》いが止《と》まらなくなって、ろうかへ飛《と》び出《だ》すと、バスターをつかまえていった。

「ひっかかりましたね、ピピンどの！」

さて、木曜日、五人はまた集まった。リトル劇場裏《げきじょううら》に置《お》く、手がかりについて、話を決めるためだ。置き場所《ばしょ》は、劇場裏のベランダと決まった。

「何人かが集まって、なんかしたように見せかけるためには、まず、たばこの吸《す》い殻《がら》だ」

ファットが口をきると、ラリイがうなずいた。

「それにマッチ。頭文字《かしらもじ》のついたハンカチもいいな」

「そうね。あたし、古《ふる》いの持ってるから、それに頭文字をししゅうするわ。どの字がいいかしら？」

デイジイがいうと、ファットはすかさず答《こた》えた。

「Z《ゼット》！　これなら、ピピンさんも頭をかかえることうけあいだ」

「だって、Z《ゼット》ではじまる名前なんてないでしょ？」

と、不思議《ふしぎ》がるベッツに、ファットはニヤニヤした。

「あるとも。ゼベデアとかザカリアスとか。でも、まず、ゼベデアを探《さが》してるうちに、ピピンさんの頭は白くなっちゃうさ」

「じゃ、Z《ゼット》に決めたわ」

「時間表《じかんひょう》とか、手帳のきれっぱしはどうだい？」

と、ピップが話を進《すす》めた。デイジイもいった。

「でっぱっているくぎがあれば、ちっちゃい布《ぬの》きれを、ひっかけておくのもいいわね。いかにも、相談《そうだん》の最中《さいちゅう》に、あわてて逃げ出したみたいで――」

「うん、それもいい考えだ。それから、鉛筆《えんぴつ》のけずりくずも、まきちらそうよ」

ファットがいうと、ラリイが注意した。

「ピピンさんを、この次《つぎ》どこへおびきよせるか、それを忘《わす》れちゃ困《こま》るよ」

「そうだ。時間表のどこかに、印《しるし》をつけておけばいい。たとえば、日曜日の列車《れっしゃ》にね。すると、ピピンさんは駅へ行くってわけだよ」

と、ピップがいった。みんなうれしくなって、くつくつ笑った。

「そして、ファットが変装して駅に現れるっていうのね」

デイジイの言葉《ことば》に、ファットもニヤニヤしていった。

「『どいとれ』さんが聞いたら、かんかんになるだろうなあ」

金曜日、六時を少し回ったころ、五人は自転車で、リトル劇場へ行った。その日のお芝居《しばい》も終《お》わって、あたりはそろそろ、うす暗《ぐら》くなっていた。

ファットは、ベランダの階段《かいだん》をそっとあがると、用意《ようい》してきた手がかりの品《しな》をまきちらした。たばこの吸い殻、マッチ、Z《ゼット》のししゅうをしたハンカチ、鉛筆のけずりくず、日曜日の列車に印をつけた時間表の一ページ、そして、くぎには青色の布きれをひっかけた。

（これでよし）

ファットは、帰《かえ》ろうとして、ふと、そばの窓《まど》をのぞきこんだ。そして、思わずはっと息《いき》をのんだ！

5　ピピン巡査《じゅんさ》のスタート

窓《まど》の向《む》こうには、大きな、毛のもじゃもじゃしたおそろしい動物《どうぶつ》が、ガラスのような目玉で、じっとこちらを見あげていた。

ファットはぞっとして、ころげるように階段《かいだん》をおりてくると、こういった。

「へんなのがいるんだ。でっかいけものが、窓ごしににらんでいる！」

「なんだい、ファットらしくもない。そいつは着《き》ぐるみをつけた俳優《はいゆう》ネコだろ？」

ラリイが落ち着いていった。

「ああ、そうか。着ぐるみだね。でも、本物《ほんもの》のいきもののみたいだったぜ。ネコの役《やく》の俳優が、中にはいっていたんだな」

「まあ、お芝居《しばい》が終《お》わっても、脱《ぬ》がないのかしら？」

と、デイジイは不思議《ふしぎ》がった。男の子三人が、もう一度《いちど》窓まで行ってのぞきこむと、ネコは、四本の足で暖炉《だんろ》のそばへ行き、本物のネコそっくりに、顔を洗《あら》って見せた。

「ぼくたちに気がついたんだよ、あいつ。だから、あんなことしてるんだ。ぼくたちを、芝居を見にきた子どもとカン違《ちが》いして、またお芝居のディックのネコをやって見せてるんだ」

と、ファットがささやいた。

「なんとなく気味《きみ》が悪いね。中身《なかみ》は人間だってわかってるのに、あんまり本物そっくりすぎるや。もう帰《かえ》ろう」

と、ピップがいった。あたりはもう、暗かった。教会の時計が、七時を打った。

五人は、ファットの家の前で、解散《かいさん》した。家にはいりながら、ファットは、ネコがこちらを見た時《とき》の様子《ようす》を思い浮《う》かべた。

（あの時は、まったく、飛《と》びあがりそうになったっけ。ピピンさんも、あのネコを見たら、さぞ命《いのち》のちぢむ思いをするだろうな——）

さて、そのピピン巡査は、八時半、五人の子どもたちが立ちさってだいたい一時間半あとに、リトル劇場裏《げきじょううら》の、ベランダにやって来た。せんぱいのグーンさんを満足《まんぞく》させようと、はりきっている巡査は、すでに、前の日に、ベランダの屋根《やね》に穴《あな》が開《あ》いていて、その穴から二階の窓によじ登《のぼ》って、盗《ぬす》み聞《ぎ》きできることを調《しら》べておいたのだ。

ベランダのそばの窓から、あかりがさしていた。ピピンさんは中をのぞいた。あかりは暖炉の火だった。その前に、とほうもなく大きなけものが眠《ねむ》っていた。ピピンさんは、その大きさに、飛びあがるほどびっくりした。

（いったい、何だろう？　トラかな？　耳のかっこうがそうだ。長《なが》いしっぽも見える……そうだ！）

ピピンさんは、あわてて口を押《お》さえた。芝居に出てくる、着ぐるみのネコだ。しかし、あんなきゅうくつな着ぐるみを、まだ着ているとは、へんな話だ。

（だが、ネコがいるのがわかったら、やつらはここで相談《そうだん》するのはやめるかもしれんぞ。うっかり、屋根の上にあがったら、あとが困《こま》るな）

ピピンさんは、懐中電灯《かいちゅうでんとう》をつけて、あたりを照《て》らしてみた。

たばこの吸《す》い殻《がら》をはじめ、あやしい手がかりが、ざくざく見つかった。やはり、このベランダは会合《かいごう》の場所《ばしょ》に違《ちが》いない！　もしかしたら、あのネコも、仲間《なかま》かもしれない。

ピピンさんは、ベランダのすみっこから、時間表《じかんひょう》を拾《ひろ》いあげた。日曜日の列車《れっしゃ》に線《せん》が引《ひ》いてある。それから、このハンカチのZ《ゼット》は、なんの頭文字《かしらもじ》だろう？　ピピンさんは、一生懸命《いっしょうけんめい》考えたが、子どもたちが思いついた、『ゼベデア』さえ、浮かんでこなかった。

ピピンさんはもう一度、窓をのぞいた。ネコは眠っていた。

（本物のネコじゃないとわかっていても、なんだか妙《みょう》な気がするな）

もう、だれか現《あらわ》れそうな時間だった。姿《すがた》を見られてはまずい。ピピンさんは、やっぱり、屋根の上に登ることにした。

まず、手がかりを封筒《ふうとう》にしまうと、手探《てさぐ》りで、二階の窓によじ登り、きゅうくつなしせいをがまんしながら、じっと耳をすました。

それから、二、三分もたたないうちに、人のうめき声のような音が聞こえた。

あの音は、いったいどこから来るのだろう？ うしろの部屋《へや》は真《ま》っ暗《くら》だし、家の外《そと》は、見わたすかぎり人っ子一人見えない。暖炉《だんろ》の前のネコだとしても、下の部屋から、ここまで聞こえるはずはない。

ふたたび、同じ音がした。ピピン巡査《じゅんさ》は、息《いき》をころして耳をすました。確《たし》かに人のうめき声だ。自分の背中側《せなかがわ》の部屋だ。間違《まちが》いない！

そっと手探りで探ってみた。窓は、内側《うちがわ》からカギがかかっていて、びくともしない。ピピンさんは、懐中電灯をつけた。あかりの輪《わ》が、部屋の中を照らして何か、えたいの知れないものを、浮かびあがらせた。

よく見ると、それは、両腕《りょううで》を前に伸《の》ばして、机《つくえ》の上にうつぶせに倒《たお》れている、一人の男だった。そばに、紅茶《こうちゃ》のカップが置《お》いてある。

床《ゆか》の上には、大きな壁《かべ》かけ鏡《かがみ》が落ちて、光を反射《はんしゃ》していた。鏡のとれたあとの壁には、大きな穴がぽっかりと開いて、中の隠《かく》し金庫《きんこ》が、むきだしになっている。金庫の口は開いていて、中はからっぽだった。

（泥棒《どろぼう》だ！）

ピピンさんは、とっさに覚悟《かくご》を決めた。特大《とくだい》のハンカチを、自分のげんこつに巻《ま》きつけると、えいっとばかり、窓ガラスをたたき割《わ》った。

6 事件《じけん》のはじまり

五人の探偵《たんてい》たちは、その夜、ピピン巡査《じゅんさ》が、リトル劇場裏《げきじょううら》で大活躍《だいかつやく》していようとは、夢《ゆめ》にも思わなかった。ピップとベッツはもう寝《ね》ていたし、ラリイとデイジイは、寝る前の九時のニュースを聞いていたし、ファットは新《あたら》しい変装術《へんそうじゅつ》をあみだすことに、懸命《けんめい》になっていた。ファットたちのいたずらが、偶然《ぐうぜん》ピピン巡査を強盗《ごうとう》事件の現場《げんば》に誘《さそ》い出したのだから、思えば運《うん》のいいおまわりさんもいたものだ。

次《つぎ》の日、朝ごはんの時《とき》、ファットはさっそく、新しい思いつきを実行《じっこう》した。口にふくみわたをいれ、ほほをふくらませて、テーブルについたのだ。

お父《とう》さんは新聞《しんぶん》をひろげていたから、何も気がつかなかった。しかし、お母《かあ》さんは、ファットの顔つきがかわったのにびっくりした。

「フレデリック、歯《は》が痛《いた》いんじゃないの？　ほっぺたがはれてますよ」

「ううん、歯はなんともありません」

「おかしいわね。いつもより食べないし、確《たし》かにへんですよ。歯医者《いしゃ》さんにお電話《でんわ》しましょう」

（まずいことになった。このさい、歯などいじくり回《まわ》されちゃたまらない）

と、ファットは思った。

「お母さん、だいじょうぶです。なんでもないんです」

「じゃ、どうしてそんなにはれてるんです？」

お母さんは、いったんいいだしたら、なかなかあきらめないたちだ。

「ファットは太《ふと》りすぎだよ。あまり食べるからだろう」

お父さんは、気にもとめないで、また新聞を読《よ》みだしたが、おやっというふうに身をのりだすと、声をだして読みだした。

「ピーターズウッド村、リトル劇場支配人《しはいにん》、眠《ねむ》り薬《ぐすり》強盗におそわる。金庫《きんこ》の中身《なかみ》、ごっそり。すでに、重要容疑者《じゅうようようぎしゃ》一人浮《う》かぶ、へえぇ！」

ファットは、驚《おどろ》きのあまり、ぼーっとしてしまった。まったく、うそみたいな話ではないか。

「ぼくに見せて、お父さん」

ファットは、新聞の方へ手を伸《の》ばしたが、お母さんにしかられた。

「ファット、お父さんが読み終《お》わってからになさい」

その時、お父さんは、新聞をふたつに折《お》った。強盗事件の記事《きじ》が、ちょっぴり、こちら側《がわ》に回ってきた。だが、あいにく逆《さか》さまだった。

ファットは、もうがまんができなくなってきた。すごい事件のようだ。容疑者は、誤《あやま》ってつかまるんじゃないかしら。そうだとしたら、『五人と一匹《いっぴき》』探偵団は、ただちに行動《こうどう》を開始《かいし》しなければならない。

ファットは、お母さんが立ったスキに、すばやく部屋《へや》を抜《ぬ》けだした。そのまま、ピップの家へ走った。ピップとベッツは、立派《りっぱ》な子ども部屋を持《も》っていて、五人の相談場所《そうだんばしょ》にはもってこいなのだ。

そこへ、まもなく、ラリイとデイジイもかけつけた。ラリイの家のコックのジャネットが劇場のそうじ係《がかり》のトロッターおばさんと知《し》り合《あ》いだったので、二人ともファットよりくわしく事件について聞いていた。ジャネットは、いつかの夜、自分が見た二人のごろつきが、犯人《はんにん》に違《ちが》いない、と信《しん》じているそうだ。

「ぼくたちときたら、目と鼻の先で、本物《ほんもの》の事件が起こっていたっていうのにピピンさんのことにばかりいそがしくて、なんにも知らずにいたんだよ」

ファットは、情《なさ》けなかった。

「トロッターおばさんの話によるとね。支配人《しはいにん》が薬で眠らされて、机《つくえ》の上にうつぶせに倒《たお》れているところを、警察《けいさつ》が発見《はっけん》したんだって」

と、ラリイがいった。

「机のうしろの壁《かべ》には、大きな鏡《かがみ》がかけてあって、そのうしろに、秘密《ひみつ》の金庫があったんだけど、からっぽになってたそうだよ。警察は、事件が起こってまもなく、発見したらしい」

「警察って、そりゃ、ピピン巡査《じゅんさ》のことだろ？　ぼくたちが、あのベランダに連《つ》れ出したようなものだ。まったく、頭にきちゃうなあ。もう少しあそこにいれば、ぼくたちも、この事件にぶつかったかもしれなかったんだぜ。それを、ぼくたちは、警察、つまりピピンさんに、すっかりプレゼントしちゃったわけだ。──まあ、よかったことはよかったんだが──」

ファットの言葉《ことば》に、みんなため息《いき》をついた。せっかくのスリルを、逃《に》がしてしまった。よくよく運が悪《わる》かったんだ──。

やっと、ベッツがいった。

「ピピンさんは、たばこの吸《す》い殻《がら》や、ハンカチなんかを、本物の泥棒《どろぼう》のものだと思うんじゃないかしら？」

ファットは舌打《したう》ちした。

「そうだ！　そう思いこむだろうな。まずいなあ。ぼくは、ピピンさんに小さな事件をプレゼントするつもりではいたけど、強盗をつかまえるじゃままでは、絶対《ぜったい》にしたくないよ！」

「つまり、あの人たちが、ろくに調《しら》べないで、Ｚ《ゼット》の頭文字《かしらもじ》の人を探《さが》したり、日曜日に駅にはりこむってこと？」

と、デイジイはファットにたずねた。

「そう、こうなったら、ぼくはピピンさんに会《あ》って、いままでのことをいさぎよくうちあけよう。無駄足踏《むだあしふ》ませちゃ悪い。あーあ、いいわけするのは気が重いな。グーンさんとはどうしてもだめだったけど、ピピンさんとなら、仲良《なかよ》くやっていけたかもしれなかったのにさ」

ばかげたいたずらをしたおかげで、せっかくの事件調査《ちょうさ》に、加《くわ》えてもらうことさえ、のぞみないと思うと、みんな、がっかりだった。

「ぼくもいっしょに行くよ」

ラリイがいうと、ファットは止《と》めた。

「いいや、ぼくが責任《せきにん》をとる。みんなを巻《ま》きぞえにしたくないんだ。ピピンさんが文句《もんく》をいってきても、ぼくのうちは気にしないけど、きみたちの、とくにピップのパパやママは、そうはいかないもの。いやなことは、さっさと片付《かたづ》けるほうがいい。ぼくはすぐ出かけるよ。ピピンさんは、だいじょうぶ、わかってくれるよ。ほんとは、ぼくも、あの人をいい人だと思っているんだ。グーンさんの留守《るす》に、こんな事件が起《お》こって、あの人、きっと、ぞくぞくしているだろうな」

ファットはこういうと、元気よく、口笛《くちぶえ》を吹《ふ》きながら外《そと》へ出た。バスターが、すぐあとに続《つづ》いた。しかし、ファットは、本当《ほんとう》は平気《へいき》ではなかった。あんなインチキ手がかりをつくりあげて、すまなかったという気持ちと、人のよさそうなピピンさんと協力《きょうりょく》できるチャンスを、むざむざと
り逃がしたことで、自分で自分をけとばしてやりたいくらいだった。

交番《こうばん》の前まで来ると、驚いたことに、ドアが開《あ》けはなしになっていて、中から、グーンさんのどなり声が聞こえてきた。グーンさんが戻《もど》っている！

「ピピン、はじめに空《あ》き家《や》の庭《にわ》で、ごろつきどもを見た時、なぜ、すぐわしを呼《よ》び返《かえ》さなかったんだ。あやしい紙きれのことがあったのにだ。ちゃんと、いっておいたはずだぞ。ばかもの！まぬけ！　上官《じょうかん》に知らせる頭もないくらいだから、こんな目にあうんだぞ！」

ファットは、中へはいるのをためらった。ところが、バスターは、聞き覚《おぼ》えのある声を耳にしたものだから、わん、とほえると、黒《くろ》い鼻先でドアを押《お》し開けて、中へ飛《と》びこんでしまった。

7　グーン、ピピン、ファット

「こいつめ！　どこからはいってきおった！　どいとれ！」

グーンさんの叫《さけ》び声に、ファットも部屋《へや》に飛《と》びこんだ。バスターは、暖炉《だんろ》のそばにいるグーンさんにじゃれつき、ピピンさんは、窓《まど》のそばにしょんぼり立っている。グーンさんはファットの

姿《すがた》を見て、またどなった。

「やっぱりおまえか！　このイヌをけしかけよったんだな！」

グーンさんは、いきなり、大きな火ばしをつかんで、バスターの背中《せなか》をぶんなぐった。バスターは悲鳴《ひめい》をあげた。かっとなったファットは、真《ま》っ青《さお》になって、グーンさんの腕《うで》に飛びつくと、火ばしをもぎとった。グーンさんも、真っ青になっていた。

「見たか、ピピン。おまえが証人《しょうにん》だぞ！　この子どもが、イヌをけしかけたから、わしは身を守《まも》ったのだ。それなのに、こいつは乱暴《らんぼう》した。いいか、報告書《ほうこくしょ》には、そう書くのだ。このイヌと、ガキには、前々から目をつけていたんだが、やっととっつかまえたんだぞ。みんな見ておったな、おまえは！」

グーンさんがかっとすると、どんな乱暴でもする人とは知っていたが、これほどはっきり見たのは、はじめてだった。ファットは、ぶるぶる震《ふる》えているバスターを、抱《だ》きしめた。

ピピンさんは、さんざんしかりとばされ、あくたいをつかれたあとの、この騒《さわ》ぎにすっかりあがっていた。

「ピピン、なんでだまっとるんだ。ばかみたいに、つっ立っていないで、さっさとわしのいうとおり、報告書を書くんだ！」

「わ、わたしは、ありのまま、書きます」

きっぱりと、ピピンさんは答えた。

「あなたは火ばしでイヌをなぐりました。もう歩けなくなったかもしれません。たとえ、上官《じょうかん》でも、そんな乱暴はみとめません。イヌはわたしには向《む》かってきませんよ。わたしはイヌが好《す》きです。それに、この子はあなたを止《と》めただけで、かえっていいことをしたんです。あなたはイヌを殺《ころ》しかねない勢《いきお》いでしたからね。もし、そんなことになったら、グーンさん、ただでは済《す》みませんよ！」

思いがけないピピンさんの言葉《ことば》に、三人とも、しーんとした。バスターさえ、おとなしくなった。あのおとなしいピピンさんが――グーンさんは、自分の耳が信《しん》じられなかった。ピピンさん自身でさえ、びっくりしたに違《ちが》いない。ファットはあんぐり口を開《あ》いて、ピピンさんに見とれていた。なんていい人なんだろう！

グーンさんは、やっとわれにかえると、いつものように、むらさき色の顔になっていった。

「いいか、わしがこの村をとりしまる。今度《こんど》の事件《じけん》はわしのものだ。おまえには絶対《ぜったい》手をださせんぞ。警部《けいぶ》どのには、おまえが自分だけいい子になって、事件をひとりじめしようとして、わしに知らせなかった、と報告《ほうこく》してやるからな。覚《おぼ》えているがいい」

ピピンさんはだまって聞いていたが、しおれていた。

グーンさんは、ファットの前で、いばりちらすのがうれしくてたまらないらしいのだ。自分の偉《えら》さを見せつける、またとないチャンスだった。

「手がかりは、ぜんぶわしがもらったぞ！　ファット、おまえはさぞ、見たいことだろうが、絶対見せるものか！」

ファットはおなかの中で笑《わら》った。

（手がかりは、グーンさんの手に渡《わた》ったのだな。そんならいい。ピピンさんにあたりちらした罰《ばっ》だ。ニセモノをこねくり回《まわ》すがいい）

「このわしにそむいたやつが、どんな目にあうか、これでわかったろう。ピピン、おまえはわしの普段《ふだん》の仕事《しごと》だけをやれ。事件には鼻《はな》をつっこんではならんのだ。手伝《てつだ》ってほしくない。ばか者に、わしの手伝いなぞできるものか！」

グーンさんは、手がかりのはいった封筒《ふうとう》を箱《はこ》にいれて、カギをかけた。

「これから、わしがもう一度《いちど》、支配人《しはいにん》に会いに行く。おまえの聞きこみなぞ、つかいものにならん。やりなおさにゃならん。わしが自分の手でな。おまえの命令違反《めいれいいはん》をわしは忘《わす》れんぞ！　おまえは違反《いはん》したんだぞ！」

グーンさんはこういい捨《す》てると、いばりくさって出ていった。

バスターは、すぐピピンさんの足もとに飛んで行って、くんくんいいはじめた。ピピンさんはかがんで、バスターをなでてやった。

「あなたにお礼《れい》をいっているんです。ピピンさん、本当《ほんとう》にありがとうございました」

ファットは、心《こころ》からピピンさんにお礼をいった。

「この事件を受《う》け持《も》てると、思っていたんだが……」

と、ピピンさんはバスターをなでながら、さびしそうにいった。

「あの人は、本当に困《こま》った人ですね。根《ね》は悪《わる》い人じゃないのに」

と、ファットも、しんみりいった。

「もちろん、ぼくは、グーンさんに知《し》らせるつもりだった。――それなのに、新聞《しんぶん》を見て、すっとんで帰《かえ》ってきてしかられどおしだ。手がかりも取りあげられたし」

ここで本当のことをうちあけたら――と、ファットは考えた。いや、ピピンさんは、グーンさんに話すだろう。それは、ピピンさんの役目《やくめ》だから。そうすればグーンさんは、お父《とう》さんやお母《かあ》さんにどなりこみに来る。

『五人と一匹《いっぴき》』探偵団《たんていだん》は、もう活躍《かつやく》することをさしとめられてしまう。それにピピンさんがニセの事件にだまされた、なんて知ったら、グーンさんは、またまた、火のようにかっかとなって、ピピンさんをばかあつかいすることだろう。それより、グーンさんが、あの手がかりで、まごましててくれるほうが、こっちは働《はたら》きやすいというものだ――。

「グーンさんのいうことなんか、気にしないでください、ピピンさん。ジェンクス警部が知ったら、あんな口のきき方《かた》は許《ゆる》さないでしょうよ」

「警部はきみたちのことをほめておられた。いつも、むずかしい事件に力を貸《か》してくれて、手柄《てがら》をたてたってね」

ファットは、しめたと思った。

「ねえ、ピピンさん。今度の事件も、ぼくたちの手で解決《かいけつ》できると思うんです。あなたに助《たす》けていただけたら、きっとグーンさんより先に、犯人《はんにん》をあげられると思いますよ。そうすれば、ジェンクス警部も喜《よろこ》んでくださるでしょう」

ピピンさんは、ファットの熱心《ねっしん》な顔を見あげた。まだ十代の少年だが、ファットには、ひどく頼《たの》もしいところがある。それは頭のよさだろうか、人柄《ひとがら》だろうか。それとも、この丸《まる》いほっぺたのせいだろうか。

（ジェンクス警部が信用《しんよう》している子どもなら、このピピンだって、喜んで協力《きょうりょく》しよう！）

「よろしい。わたしも手を貸そう。でも、グーンさんに、これまでにわかったことをいわなくていいだろうか？」

「だって、グーンさんは、あなたに手をださせないといってたじゃありませんか。なまじ、何かいえば、また、命令違反《いはん》だって、どなられますよ。だから、こっちはこっちでやりましょうよ」

「なるほど……」

「まず、ピピンさん、ぼくの知ってることを話しますから、あなたのほうも、うちあけてくれませんか？」

「ほう、きみたち、何か知っているの？」

「ええ、きのうの晩《ばん》、六時すぎから七時まで、ぼくはほかの四人といっしょに、劇場《げきじょう》の裏《うら》にいました。ポスターを見たりなんかして……」

ピピンさんはすわりなおした。

「で、何か見たかい？」

「ぼくは、あのベランダのうしろにある窓を、のぞきこんだんです。すると、着《き》ぐるみのネコが見えました。あの、でっかくて、毛のはえたやつです。そいつは、窓の方へ来て、ぼくをにらみました。そのあと、暖炉《だんろ》の前で、本物《ほんもの》のネコそっくりに、顔を洗《あら》って見せましたよ」

「おもしろい！」

と、ピピンさんは熱心にいった。

「犯行時刻《はんこうじこく》には、あのネコのほかに、劇場にはだれもいなかったらしいんだ。それでグーンさんはネコを逮捕《たいほ》する気でいるんだ。ネコをだよ、ファット！」

8　ピピンさんの話

ファットの頭は、フルスピードで、回転《かいてん》しはじめた。

「教《おし》えてください。あなたが、何時にあそこへ行ったか。どういうふうにして、発見《はっけん》したのか、それにしても、運《うん》がよかったんですねえ」

「実《じつ》をいうと、ぼくは、その前に見かけたごろつきを、追《お》いかけていたのさ」

ピピンさんの言葉《ことば》に、ファットは赤くなったが、さいわい、ピピンさんには気づかれなかった。

「劇場《げきじょう》の裏《うら》へはりこみに行ったのは、八時半だった。きみがネコを見た窓《まど》を、ぼくものぞいた。ぼくも見たんだよ。ネコは暖炉《だんろ》の前で、ぐっすり眠《ねむ》っていた。着《き》ぐるみを脱《ぬ》がないなんて、おかしいと思わないか？」

「ええ、よほどかわってるんでしょうね」

「かわっている――そう、頭がよわいんだ。今朝《けさ》、会《あ》ってきたが、からだが小さくて頭でっかちなんだな。年は二十四歳《さい》ぐらいらしいけど、することも、いうことも、まるで子どもだね。だから、みんながボウヤって呼《よ》んでるそうだ」

「あかんぼの時に、頭でもぶつけたんですね、きっと」

ピピンさんは、ベランダの屋根《やね》の上で、うめき声を聞いてから、支配人《しはいにん》を発見するまでのあらましを、説明《せつめい》した。

「ぼくは、窓ガラスを破《やぶ》って、中へ飛《と》びこんだ。支配人はもう正気《しょうき》にかえっていた。眠り薬《くすり》を飲《の》まされたんだ。おそらく、お茶《ちゃ》の中にいれてあったんだろう。金庫《きんこ》の中身《なかみ》は、すっかり持《も》っていかれて、からっぽだった。いま、指紋《しもん》を調《しら》べている。すぐに鑑識課《かんしきか》へ回《まわ》したからね。カップの調《ちょう》査《さ》も頼《たの》んだが、とても強《つよ》い眠り薬だそうだ」

「お茶を運《はこ》んだのはだれか、わかっているんですか？」

「うん、それがあのネコなんだ！　くさいと思うだろう？　ところが、ボウヤに会って話してみればわかるが、お茶に眠り薬をいれるような知恵《ちえ》なんかない――それに、金庫や金庫のあいカギが、どこにあるか知《し》らないことも確《たし》かなんだ。カギをさしこんだって、あのやっかいなダイヤルの合わせ方なんか、わかりっこない」

「なるほど、それで、ほかにだれかあやしい人物《じんぶつ》は？」

「いいや、あの晩《ばん》、俳優《はいゆう》たちはみんな出かけて、それぞれ、八時までのアリバイがちゃんとあるんだ。犯行《はんこう》は五時半から八時まで、つまり、芝居《しばい》が終《お》わってから、支配人がお茶を飲むまでのあいだだからね」

「わかりました。でも、外部《がいぶ》の者《もの》がやったとしたら？　あの劇団の俳優ばかりとはかぎらないでしょう？」

「しかし、犯人《はんにん》は盗《ぬす》みにうってつけの時間《じかん》や、金庫の場所《ばしょ》を知っていた者だ。支配人があの日にかぎって、売上《うりあ》げ金《きん》を銀行《ぎんこう》に持っていかないで、金庫にしまったことも、カギがカギたばの中じゃなくて、支配人のさいふの中にあることも、支配人がいつも、夕方お茶を飲むことも知っていたんだ」

「そうとすれば、内部《ないぶ》の者ですね。ボウヤがお茶を運んだのはへんですね。犯人の一人なんでしょうか？」

「それはまだなんともいえない。ボウヤは、あの晩、とても眠くて、暖炉《だんろ》の前で寝《ね》てしまったとしか、覚《おぼ》えていないというんだよ。確かに、ぼくが見た様子《ようす》ともあう。そのうえ、お茶なんか運ばないといっているが、それはどうかわからんね。支配人が覚え違《ちが》いするはずはないから。支配人は、着ぐるみのネコが運んできたって、はっきりいっているんだよ」

「すると、ボウヤが犯人か、さもなければ、犯人の一人って感じですね。どうもありがとうございました。ぼくたちのほうで、何かわかったら、かならず、お知らせしますよ。でも、グーンさんには、何もいわないでください」

「だいじょうぶ」

ピピンさんは約束《やくそく》した。

その時《とき》、グーンさんが戻《もど》ってきた。ファットは、バスターを抱《だ》いて、裏口からそっとしのびでた。

ピップの家では、ほかの四人が、じりじりしながら、ファットの帰りを待《ま》っていた。

グーンさんがバスターを火ばしでなぐった話を聞くと、ベッツなどは、べそをかいて怒《おこ》ったが、ピピンさんの立派《りっぱ》な態度《たいど》には、みんな感激《かんげき》して、心《こころ》から、ピピンさんに済《す》まないと思った。

しかし、グーンさんが、ピピンさんから、ニセの手がかりをいばりくさって取りあげた話を聞くと、みんな、すっかり気をよくした。

「じゃ、日曜日には、駅《えき》に現《あらわ》れるね。ぼくたちも行かないか」

ピップがいうと、ベッツはたちまち、賛成《さんせい》した。

「よし、ぼくは変装《へんそう》して、わざとグーンさんにあやしまれるようにする。そして、あとをつけさせるんだ。それから、着《き》ぐるみを着たネコのことだけど、みんなで、ネコに会って、それとなく、探《さぐ》ってみようよ。芝居好《ず》きの子どものようなふりをして」

と、ファットがいった。

「それがいい。うまくやろうぜ」

ラリイは、うなずいていった。

ファットは続《つづ》けた。

「それでは、まず、犯人らしい人の表《ひょう》をつくろう。それから、手がかりの表もだ」

その時、ベルが鳴《な》りひびいた。昼ごはんの時間だ。

「よし、二時半に、また集まるとしよう！」

9　ピピンさんの協力《きょうりょく》

ファットは、昼ごはんのあいだじゅう、だまって考えこんでいた。

（俳優《はいゆう》のうちのだれかが、あの晩《ばん》、こっそり戻《もど》ってきて、金を盗《ぬす》みだしたに違《ちが》いない。みんなの名前と住所を、まず調《しら》べよう。これは、ピピン巡査《じゅんさ》からきくことにしよう）

二時十五分、ファットは家を飛《と》び出《だ》した。

交番《こうばん》の前まで来ると、ファットはそっと窓《まど》の中をのぞきこんだ。あいにく、グーンさんがいる。ピピンさんが窓のそばに、グーンさんが向《む》こうむきに腰《こし》かけて書きものをしている。ファットは伸《の》びあがってウインクして見せた。ピピンさんはびっくりした。グーンさんに気がつかれないようにと、そわそわしながら、またファットの方に目を向けた。すると窓の外《そと》に紙きれがするするとあがってきた。

『大通《おおどお》りで、一〇分間だけ会《あ》ってください』

ピピンさんは、ゆっくりとうなずいて見せた。ファットが出ていく時《とき》、交番の門《もん》が、わずかにかちりと音をたてた。

「だれか来たのか？」

と、グーンさんはピピンさんに、けわしい目できいた。

「いいえ」

「じゃ、出ていったのはだれだ？」

「だれも見ませんでしたが」

「ふん！　警官《けいかん》ともあろうものが、目と鼻の先で、だれかが門を閉《し》めたのも気がつかんとは！」

グーンさんは、昼ごはんを食べすぎたせいで、ひどくきげんが悪《わる》かった。ピピンさんはだまっていた。もうなれてしまったようだ。

やがて、ピピンさんが立ちあがると、グーンさんがきいた。

「どこへ行く？」

「郵便局《ゆうびんきょく》です。わたしは手伝《てつだ》ってはいけないんでしょう？　それとも、何かご用《よう》ですか？」

ピピンさんは、さっさと外へ出た。ファットを見ると、にっこり笑《わら》った。

「あの店で、レモネードを飲《の》みましょうよ、ピピンさん。グーンさんに、ぼくたちがいっしょにいるところを見られるとまずいでしょ」

店にはいると、ファットは小声できいた。

「リトル劇場《げきじょう》の俳優たちの名前と住所を知ってますか？」

「うん、手帳《てちょう》に書きとめてあるはずだ。たぶん、グーンさんには渡《わた》してない。グーンさんは、ぼくの聞きこみなんか、いらんっていってたから。それに、もう自分で会ってきたらしいよ」

「もうですか？」

「俳優の一人は、頭文字《かしらもじ》がＺ《ゼット》だということもわかったらしいね。ほら、主役《しゅうやく》のディックになっている、女優《じょゆう》のズー・マーカムだよ。ベランダのごろつきどもの相談《そうだん》に、顔をだしたんだろうね」

ファットはぎょっとした。じっさいに、Ｚ《ゼット》ではじまる名前の人間がいたとは！　まったく思いがけなかった。どうしてこんなに、偶然《ぐうぜん》が重《かさ》なるんだろう？

「で、ズーには、アリバイがあるんですか？」

ファットは、心配顔《しんぱいがお》でたずねた。

「もちろん、全員《ぜんいん》、アリバイがある。じゅうぶん調べたんだからね」

「おかしいな。だって、内部《ないぶ》に犯人《はんにん》がいるはずでしょ。あれほど事情《じじょう》にくわしいとすれば――カギだの、お茶《ちゃ》だの……」

「お茶を運《はこ》んだのはネコだよ」

「だから、よけいへんなんです。だれだって、ネコを犯人と思いますよ」

「げんに、グーンさんはそう思っている。ネコが何もわけがわからず、思い出せないといったり、泣《な》きだしたりするのを、ぜんぶ、芝居《しばい》だとにらんでるんだ」

「じゃ、あなたは？」

ピピンさんは考えこんだ。

「前に話したろう。ボウヤは知恵《ちえ》が遅《おく》れている。かわいそうに、子どもと同じだ。ぼくには、いい、とこに同じようなのがいてね。その子は、ハエ一匹殺《いっぴきころ》せやしない。だから、ボウヤがやったとは思えないよ」

「じゃ、だれか台所《だいどころ》に隠《かく》れていて、ボウヤが知《し》らないまに、お茶に薬《くすり》をいれたんじゃないかな？」

「そうかもしれん」

「とにかく、俳優さんたちの名前と住所を聞かせてもらえますか」

「いいとも。これを持って行きたまえ」

ピピンさんは、ポケットから手帳《てちょう》を取り出して、ファットに渡した。

「ありがとう、ピピンさん。ぼくたち、さっそくはじめます」

ファットの心《こころ》ははずんでいた。

10 あやしい人たちとそのアリバイ

二時半に、ファットがピップの家に戻《もど》ってくると、ベッツが窓《まど》から大声で叫《さけ》んだ。

「早くいらっしゃいよ。プランを立てなくちゃ」

ピップの子ども部屋《べや》には、仲間《なかま》のほかの四人が、もうテーブルを囲《かこ》んで待《ま》っていた。

「さあはじめよう。ぼくは、みんなで考えなきゃならない手がかりを、たくさん持《も》ってきたよ」

と、ファットはみんなの顔を見回《みまわ》しながらいった。そして、ピピン巡査《じゅんさ》から聞きだしたことを、手短《てみじか》に報告《ほうこく》すると、ピピン巡査の手帳《てちょう》を取り出した。

「これには、くさいと思われている人物《じんぶつ》の名前と住所、それから、いままでにピピンさんが聞きこんだことが書いてあるんだ。読《よ》みあげるから、よく聞いてくれ」


『あやしい人物』

一、着ぐるみのネコ（男）

本名《ほんみょう》ボイジー・サマーズ。あだなは『ボウヤ』。頭がよわい。事件《じけん》が起《お》こった時劇場《ときげきじょう》にいた。八時前にお茶《ちゃ》を支配人《しはいにん》に持っていった。持っていかなかったといっているが、支配人の言葉《ことば》ではネコが運《はこ》んできたといっているから、持っていったのが正《ただ》しいだろう。ボイジーは、自分自身はお茶を飲《の》んだといっている。その夜は、だいたい、寝《ね》てすごした。

二、ズー・マーカム（女）

芝居《しばい》では、ディック・ホイッチングトンの役《やく》をやっている。ほかの俳優《はいゆう》たちといっしょに劇場を出て、姉《あね》の家へ行き、姉の子どもたちと遊《あそ》び、寝かしつけた。姉はトマスの奥《おく》さんで、グリーン・ハウスに住んでいる。


「トマスの奥さんなら知《し》っているわ。とてもいい人よ。子どもは二人で、下の子のほうの誕生日《たんじょうび》が、もうすぐのはずだわ」

と、デイジイがいった。すると、ラリイも口を開《ひら》いた。

「ズーって名だとすると、グーンさんは、デイジイのハンカチにつけたZ《ゼット》の頭文字《かしらもじ》をズーのだと思いこむんじゃないかな」

「ぼくも、それを考えていたんだ」

と、ファットはいって、次を読みだした。

三、ルーシイ・ホワイト（女）

ディックの友達《ともだち》の役をしている。あの晩《ばん》は、マーク通《どお》りに住んでいるアダムズさんをたずねた。九時までおしゃべりをしながら編《あ》み物《もの》の手伝《てつだ》いをした。

「アダムズさんなら、ぼくの家のコックのジャネットの友達だよ。とってもいいおばあちゃんだ」

と、ラリイがいった。

四、ピーター・ワッティング（男）

ディックのご主人《しゅじん》の役をしている。年よりで、次《つぎ》のウイリアムといっしょに散歩《さんぽ》をした。

五、ウイリアム・オー（男）

ディックの船《ふね》の船長《せんちょう》さんの役だ。まだ青年《せいねん》で、ピーター老人《ろうじん》と散歩をした。

「じゃ、この二人は、引き返して金庫《きんこ》の金を盗《ぬす》み、おたがいにアリバイをいいたてることもできるわけだね」

と、ラリイがいった。

「いいことに気がついた。二人はそのことをきかれると、川のそばを散歩していた途中《とちゅう》、喫茶店《きっさてん》にはいって、コーヒーとサンドイッチを食べたといったそうだ。ただ、それが何時頃《ごろ》だったか、はっきり覚《おぼ》えていないというんだ」

「あやしいね。調《しら》べなおしたほうがいい」

と、ピップがいった。

六、アレック・グランド（男）

ディックの母親《ははおや》の役だ。男なのに、いつも女の役をする。ものまねのうまい俳優だ。あの晩、アレックは六時から十時まで、シープリッジ町のハットン・ホールのショーに出ていた。ざっと一〇〇人くらいの客《きゃく》がアレックの芝居を見ている。

「じゃ、問題《もんだい》にならないな。一〇〇人も見た人がいるんじゃ」

と、ラリイがいった。

七、ジョン・ジェイムズ（男）

黒人《こくじん》の王様の役をしている。あの晩は、遅《おそ》くまで、ずっと映画《えいが》を見ていた。

「それは確《たし》かなアリバイとはいえないよ。ちょっと抜《ぬ》け出して、あの事件を起こしてから、またそっと戻ることだってできるからね」

と、ピップがいった。

「ところで、このアリバイを、グーンさんは、これからひとつひとつ調べるだろうと思うよ。だけど、なにしろ、グーンさんはあのとおりの人だから、どうせ手ぬかりをやるだろうと思うね。それで、こっちはこっちで、どんどん調査《ちょうさ》をすることにしよう」

と、ファットはいった。

「いままで、ぼくたち『五人と一匹《いっぴき》』探偵団《たんていだん》が解決《かいけつ》した事件を思い出してみたまえ。今度《こんど》のは、ちょっとむずかしいかもしれない。でも、ほんとの警官《けいかん》が調べられないようなことだって、子どもならかえってうまく調べられる場合《ばあい》もあるんだからね。さあ、計画《けいかく》をたてよう！」

ファットの元気な声にはげまされて、バスターまでも、おもしろくなったぞ、というように、しっぽで床《ゆか》をたたいた。

「まず、片付《かたづ》けなければならないことが三つある」

と、ファットはいいだした。

「ひとつはボウヤにあたってみることだ。ただしこれは、五人がそろって行くほうがいい」

「わかった。次は？」

「ふたつめは、いま読みあげた人物ぜんぶに、一人ひとり会《あ》って、いろいろと話をきくのさ」

するとみんな心配《しんぱい》そうな顔をした。デイジイがいった。

「だって、相手《あいて》は六人で、みんなおとなよ。なんといって会ったらいいか、見当《けんとう》もつかないわ」

「なんでもないよ」

と、ファットは平気《へいき》だ。

「サイン帳を持っていくのさ」

「なるほど！」

と、ピップが感心した。

「三つめは、みんなのアリバイの調査だ。これだって、そうむずかしくはないよ。たとえば、デイジイはズーのお姉さんのトマスの奥さんを知っている。その下の子の誕生日が近いっていっただろ？　ベッツと二人で、その子に何かプレゼントを持って、たずねるんだ。いろいろ話をしているうちに、ズーがあの晩、本当《ほんとう》にずっと家にいたかどうか、聞きだせばいいんだよ」

「ほんと、そうだわ」

デイジイがうなずいた。

「それから、アダムズおばあさんは、ラリイの家のジャネットと親《した》しくて、時々《ときどき》やって来ては、ぬいもののなんかいっしょにするっていうんだから、デイジイが何か布《ぬの》きれでも持っていって、教《おし》えてもらいながら話しこめば、ルーシイのアリバイぐらいすぐにつかめるよ」

「そうね、わたし、クッション・カバーにししゅうをして、ママにプレゼントしようと思っていたの。それを持っていって、アダムズさんに会うことにするわ」

と、デイジイは元気よく答《こた》えた。

「ピーターとウイリアムのアリバイは、二人が立ち寄《よ》ったといっている喫茶店に行って調べれば簡単《かんたん》だ。これは、明日《あす》、ぼくとピップでやろう」

「でも、明日《あした》は日曜日だよ」

と、ピップが注意した。

「あ、そうか、うっかりしてたよ。では、これは月曜日か火曜日に回《まわ》そう。ところで、ハットン・ホールで、一〇〇人の客の前にいたというアレックだけど、このアリバイは――」

「それは、調べなくてもいいんじゃないかな」

と、ラリイがいった。しかし、ファットは首を振《ふ》った。

「いや、そんなことはない。腕《うで》ききの探偵は、どんなことでもぬかりなく調べなければいけないんだ。これは、そのショーを見ていた人をだれか探《さが》して、きいてみることにしよう。最後《さいご》は、映画を見にいったといっているジョンだ。これは、ラリイとピップに頼《たの》むよ」

「でも、どうやって？」

と、ラリイがきいた。

「考えろよ、ラリイ。きみならやれるよ。さあ、これでおしまいだ。では、わが『五人と一匹』探偵団《たんていだん》の優秀《ゆうしゅう》な諸君《しょくん》、元気をだして、とりかかろう」

「でも、ファット、明日《あした》の計画はどうなったの？　あたしたち、汽車《きしゃ》を迎《むか》えに駅へ行くんでしょ？」

と、ベッツがいった。

「そうだった。やるともさ。変装《へんそう》はぼくにまかせてくれたまえ。でも、ベッツ、ぼくを見て、吹《ふ》き出したりしたらだめだよ。きみは、すぐ笑《わら》うからなあ」

「だいじょうぶよ」

ベッツは、もう吹き出しそうな顔になった。

「汽車は午後の三時半だよ」

と、ピップが念《ねん》をおした。

「うん、わかってる。じゃ、相談《そうだん》は、これでおしまいだ」

わんわん！

バスターがほえた。（ぼくの役は何ですか？）と、きいているようだった。ファットは、バスターの頭をたたいていった。

「うん、おまえは、ぼくといっしょだ」

11　からかわれたグーン巡査《じゅんさ》

日曜日、五人の探偵《たんてい》は、朝から午後になるのが待《ま》ち遠《どお》しかった。

午後三時二十五分、ラリイ、デイジイ、ピップ、ベッツの四人は、プラットホームに出て、ファットがどんなかっこうで現《あらわ》れるかを、わくわくしながら待っていた。一分遅《おく》れて、グーンさんが息《いき》をきらせながら、やって来た。グーンさんは、出かけるまでピピンさんにこごとをいっていたので、あわててとんできたのだ。ところが、来てみると、いたずらどもが並《なら》んでいるので、頭にきてしまった。

「なんの用だ？　おまえら」

「ファットを迎《むか》えにきたのよ」

と、ベッツがすまして答《こた》えた。

その時《とき》、汽車《きしゃ》がはいって来た。たくさんの人がおりてきた。グーンさんは目をさらのようにして、一人ひとり、人相《にんそう》を確《たし》かめはじめた。改札口《かいさつぐち》への通路《つうろ》に立っていたので、一人も見逃《みのが》すはずはなかった。

すごく太《ふと》った老婦人《ろうふじん》が、ベールを風になびかせながら現れた。ベッツがひじでピップに合図《あいず》した。ピップは、違《ちが》う、というように首を振《ふ》った。いくらファットでも、ここまでうまくばけられるはずはない、とおなかの中で思った。

今度《こんど》は、つえをついて、帽子《ぼうし》を深《ふか》くかぶり、よれよれのレインコートを肩《かた》にかけ、足を引きずった男が来た。口ひげをはやし、赤っぽい髪《かみ》の毛をしていた。グーンさんはするどくその男をにらんだ。

しかし、ベッツは、その男の鼻が曲がっているので、いくらファットでも、鼻までは曲げられないと思った。

グーンさんは、その男のあとをつけようとしたが、その時、もっと赤い髪の毛をした、はるかにあやしい人物《じんぶつ》が近寄《ちかよ》ってくるのを見つけた。

その男は、外国人《がいこくじん》のようだった。赤毛の頭に、かわった型《かた》の帽子をかぶり、肩に外国製《せい》のケープをはおり、ぴかぴかにみがいた、先のとがったくつをはいて、黒《くろ》めがねをかけ、赤毛のちょびひげをはやし、ほっぺたがふくらんでいた。それに、顔一面、そばかすだらけだった。

みんなは、ファットだと思ったが、あまり自信《じしん》はなかった。ただ、その男の元気のよい歩き方が、ファットじゃないか、と思わせただけだ。

その外国人は、出口に近づいた時、ベッツの横《よこ》を通《とお》りながら、ひじでちょっと押《お》した。ベッツは、もう少しで吹《ふ》き出すところだった。ファットなのだ！

「切符《きっぷ》を」

と、駅員がいった。

外国人にばけたファットは、そういわれて、あわててポケットを上から下まで調《しら》べはじめ、ほんとに困《こま》った様子《ようす》をして見せた。

「ええっと、切符は、確かにあったのだがね。青いやつだよ」

と、ファットはいった。

グーンさんは、もし切符が出てこなければ、すぐにでも逮捕《たいほ》しようと、その様子をにらんでいた。その時、その外国人は、さっとグーンさんの足もとに身をかがめると、手を伸《の》ばしてグーンさんの片足をはねのけた。

「何をする！」

と、グーンさんが大声をだした。

「これじゃ、これじゃ」

と、ファットは切符をグーンさんの目の前で振り回《まわ》し、もう少しで、切符でグーンさんの鼻をけずり落とすところだった。

「下に落ちていたのを、あんたのでか足が踏《ふ》んづけていたんじゃよ」

ファットは、のんきな口ぶりでこういうと、グーンさんを押しのけて、改札口を出た。グーンさんがすぐあとをつけた。

「あんた巡査《じゅんさ》かね？」

と、ファットは近眼《きんがん》の人のように、グーンさんの顔に顔を近づけて、黒めがねごしににらんだ。

「駅員かと思ったよ。だが、やっぱり巡査のようだね」

「わしは警官《けいかん》だ！」

と、グーンさんは答えた。そして、ますますこの男はあやしいと思ったらしい。

「どこへ行くのかね？　外国人のようだが……」

「そのとおり。道を教《おし》えてもらえるかね？」

「どこへ行くのかね？」

「ウイロー通りのホフルホフル・ハウスというところなんだがね」

「なんだって？」

「ホフルホフルだよ。知らんかね。じゃ、自分で探《さが》すことにしよう」

そういうと、ファットはすごいスピードで歩きだした。グーンさんは、あわててあとからついていった。ところが、ファットが急《きゅう》に止《と》まったものだから、グーンさんはがーんとファットに衝《しょう》突《とつ》してしまった。ベッツは、必死《ひっし》になって笑《わら》いをこらえながら、それを見ていた。

「そんな家はないね。だれに会《あ》うのかね？」

と、グーンさんは息をきらしながらきいた。
「それはいえんな。非常《ひじょう》に秘密《ひみつ》の用件《ようけん》だからね」
と、ファットは意味《いみ》ありげに答えると、どんどん歩きだした。グーンさんは、はあはあいいなが
ら、あとを追《お》った。四人の子どもたちも、笑いをこらえながら、すぐそのあとに続《つづ》いた。
「自分で探すからかまわんでくれたまえ。巡査《じゅんさ》があとからついてきては、かっこうが悪《わる》いから
ね」
ファットは、そういうと、またまたスピードをあげて歩きはじめた。そのため、グーンさんは
だんだん遅れてしまった。
気がついてみると、四人の子どもたちが、自分のすぐうしろからついて来る。なんといういや
な子どもたちだろう、とグーンさんは思った。
「どいとれ！」
と、グーンさんは四人にどなった。いつもの、お得意《とくい》の手だ。
「あら、あたしたち、散歩《さんぽ》してちゃいけないの？」
と、デイジイが、わざと悲《かな》しそうな声をだしてきいた。
グーンさんはなんにも答えないで、ほとんど見えなくなってしまった外国人のあとを、急いで
追いかけた。

　ファットは、この追っかけっこに飽《あ》き飽きした。いいかげんでグーンさんをまいて早くみんなといっしょに笑いたくなった。そのうちに、ファットの家がすぐそばに見えてきた。ファットは、自分の家の門《もん》に来ると、さっと中へはいり、庭《にわ》のすみにある小屋の中へ姿《すがた》を隠《かく》した。小屋にはいると、すぐ、カギをおろし、大急ぎで、変装《へんそう》を脱《ぬ》ぎはじめた。顔の絵《え》の具《ぐ》をふきとり、つけまゆ毛とかつらをむしりとり口の中にいれたふくみわたをはきだし、ネクタイを裏返《うらがえ》しにしめなおすと、庭に飛び出した。四人が、垣根《かきね》ごしにこちらをのぞいていた。

「グーンさんは、きみのお母《かあ》さんに会いにいったよ。きっと、家の中を探そうっていうんだよ」

「ほっとけよ」

と、ファットはいった。グーンさんとファットのお母さんが姿を現した。

「さあ、ついておいでよ」

　みんなは、ぞろぞろとあとに続いた。グーンさんはファットを見て、目を丸《まる》くした。

「四人はわしのあとをつけ回しておったが、きみは確かいなかったぞ」

「いや、いましたよ。あなたが気がつかなかったんでしょう」

と、ラリイがすまして答えた。

「グーンさん、あやしい人間が迷《まよ》いこんだというお話ですが、今日《きょう》は日曜日なんですよ。わたくし、主人《しゅじん》の用事で、おつきあいできませんわ。子どもたちなら、だいじょうぶですから、かまわないでおいてくださいな」

「わかりましたよ」

と、グーンさんはしかたなく答えた。

(だが、いったい、ファットのやつ、どこから現れたのだろう。確かに、いっしょじゃなかったんだ。こいつはへんだぞ。さてはあの赤毛の外国人は、ファットが変装していたんだな！　いやしかし、そんなはずはあるまい。わしは、目の前でにらんだんじゃ。ファットではなかったぞ)

グーンさんは、何がなにやら、わからなくなってしまった。

子どもたちは、庭のすみに集まって、げらげら大笑いしていた。

グーンさんは、どうにも腹《はら》の虫がおさまらなかった。いったいこれは、なんのいたずらだ。生《なま》意気《いき》な子どもたちめ！　キツネみたいにずるがしこいやつらだ！

(いつか、きっと、思い知らせてやるぞ！)

12　ズーを調《しら》べる

いよいよ月曜日、子どもたちは、それぞれ、活動《かつどう》を開始《かいし》した。デイジイとベッツはズーの話を聞くためにトマス夫人のところへ、ファットは、バスターを連《つ》れて、様子《ようす》を探《さぐ》りにピピン巡査《じゅんさ》のところへ、ラリイとピップは、午後の芝居《しばい》の入場券《にゅうじょうけん》を買いに劇場《げきじょう》へ出かけていった。そして、めいめい、受《う》け持《も》ちの仕事《しごと》について、午後、報告《ほうこく》しあうことに決まった。

デイジイとベッツは、大通《おおどお》りへ行った。

「ジェーンて子は、まだ四つよ。だからゲームのような高級《こうきゅう》なものはだめね。おもちゃがいいわ」

と、デイジイはいった。そして、おもちゃ屋にはいっていった。

「まあ、きれい。これ、いいじゃない？」

と、デイジイは、いすふたつとテーブルひとつとソファひとつが組み合わせになった、かわいいおもちゃのセットを指《ゆび》さした。

「ほんと、それがいいわ」

と、ベッツもいった。二人はそれを買った。

『ジェーンおめでとう。デイジイとベッツより』と書いたカードを、その箱《はこ》にそえると、すぐさま、トマスの奥《おく》さんの家へ行った。門《もん》の前に立つと、ベッツはからだが震《ふる》えてきた。

「ねえ、うまくいくかしら？」

と、ベッツは心細《こころぼそ》くなっていった。

「平気《へいき》よ。うまくいかなかったら、あたしがなんとかするわよ」

と、デイジイがいった。ベルを鳴《な》らすと、奥さんが出てきた。

「まあ、デイジイとベッツじゃないの。よく来ましたね」

と、奥さんはびっくりしていった。

「ジェーンのお誕生日、明日《あした》でしょ。それで、ちょっとしたお祝《いわ》いを持ってきましたの」

と、デイジイはいった。

「まあ、なんてご親切《しんせつ》に。さあさあ、中におはいりなさいな」

と、奥さんは二人を案内《あんない》した。

二人は二階の部屋《へや》にとおされ、いろいろ、おしゃべりをはじめた。そのうちに、二人はしだいに話を劇場の事件《じけん》のほうへ持っていった。

「ねえ、おばさん。妹《いもうと》さんのズーさんは、いま、お芝居に出ているんでしょ？」

と、デイジイは、なにげなく話しだした。

「そうですよ。あなたがた、お芝居を見たの？」

「今日の午後、行くつもりなの。着《き》ぐるみのネコが出るんですってね」

と、ベッツが答《こた》えた。

「かわいそうなのよ。ボイジーっていう子がやってるんだけど、ほんとに気《き》の毒《どく》よ。あのこわい巡査《じゅんさ》が、ひどくボイジーを疑《うたぐ》っているの。あの子が、お金をとったと思いこんでいるんですもの

――その話、聞いたでしょ？」

と、トマスの奥さんはいった。

ちょうどその時《とき》、すらりとした、とてもきれいな若《わか》い女の人が、部屋にはいってきた。

「あら、かわいいおじょうさんたちね。わたし、ズーです。どうぞよろしく」

ズーは、二人に向《む》かって、愛想《あいそ》よくあいさつをした。

（まあ、わたしたちついていてるわ）

と、デイジイもベッツもおなかの中で思った。

（それにしても、ずいぶんきれいな人だわ。なんて感じのいい笑《わら》い顔！）

二人は、たちまち、ズーが大好《だいす》きになってしまった。

「いま、かわいそうなボイジーの話をしてらしたんじゃなくて？」

と、ズーがいった。

「ほんとにひどいわ。金曜の晩《ばん》のこと、あの子がやったなんて！　そんなことできるはずがないのよ。あの子は、たとえ、いじめてばかりいる支配人《しはいにん》にうらみをもったって、あの子には、あんなこと思いつきっこないわ」

と、ズーがいった。

「支配人《しはいにん》は、ボイジーをいじめるの？」

と、ベッツがきいた。

「そうなの。とってもいじわるなのよ。ボイジーはすることがのろいでしょ。だから支配人が、いちいち腹《はら》を立ててどなりちらすの。もともと、ボイジーには無理《むり》なのね。本人がとても喜《よろこ》んでいるから、みんなも仲間《なかま》にいれているんだけど。下げいこをやっていたあの金曜日の朝だって、ひどかったわ。わたし、どうにも見ていられなくて、支配人に向かってどなってしまったの。そして、ひどくいいあってしまったのよ」

「まあ！」

と、デイジイが大きな声をあげた。

「支配人はかんかんに怒《おこ》って、この週いっぱいで、わたしはクビだっていったわ」

「じゃ、お仕事がなくなってしまうじゃありませんか」

「そうなの。でも、かまわないわ。わたし、疲《つか》れているから、少し休みたいの。しばらく、この姉《あね》の家にいることにするわ」

「でも、あの事件が起《お》きた時には、ここにいらしたんでしょ？」

と、デイジイはなにげなくきいた。

「そうよ。あの日は五時半にみんなといっしょに劇場を出たの。それから、ここへ来たのよ。それなのに、グーンさんたら、ボイジーに手伝《てつだ》わせて、わたしがお金を盗《ぬす》んだ、なんて考えているらしいわ」

「そんなのへんだわ。グーンさんがここへ調べにきた時、おばさんが、ちゃんとお話ししてくださったんでしょ?」

と、ベッツがいった。

「そうよ。でも、運《うん》の悪《わる》いことがひとつだけあるの。わたし、子どもたちを寝《ね》かしつけてから、六時四十五分に郵便局《ゆうびんきょく》まで出かけたの。一〇分くらいして帰《かえ》ってきたんだけど、姉はわたしが帰ってきたのを聞いていなかったの。わたしは、自分の寝室《しんしつ》へまっすぐ行って、そこに八時四十五分までいて、それから下へおりてきたの。グーンさんは、そのあいだにわたしが、劇場までこっそりしのんでいって、眠《ねむ》り薬《ぐすり》を支配人のお茶《ちゃ》にいれて、鏡《かがみ》をはずし、金庫《きんこ》を破《やぶ》って、お金を盗んだっていうのよ。それも、ボイジーに手伝わせて。それに、グーンさんはZ《ゼット》という文字《もじ》のついたハンカチを、劇場の裏《うら》のベランダで見つけたんですって。あの晩、ボイジーがわたしを中へひきいれた時、わたしがそのハンカチを落としたって、グーンさんはいうの。ねえ、こんなことってあるかしら?」

ズーは悲《かな》しそうにいった。

それを聞いて、デイジイとベッツは青くなった。よりによって、Z《ゼット》の文字がズーのZ《ゼット》と重《かさ》なってしまうなんて!

（あたしたちは、本当《ほんとう》に大変《たいへん》なことをしてしまったのだ）

二人は、ズーを見ているうちに、泣《な》きたくなってしまった。

「グーンさんって、ほんとにいやな人ね」

と、トマスの奥さんがいった。

「わたしがくたくたになってしまうまで、しつっこく、そのことをきくのよ。それだけじゃないわ。この家の中にある青い洋服《ようふく》を、調べることがあるから、みんな出せっていうのよ。いったい、何を調べようっていうのかしら？」

二人は、心の中であっと叫《さけ》んだ。

（あの時、ファットは、ニセの手がかりをつくるといって、くぎに青い布きれをひっかけておいた。それを見つけたグーンさんは、この家の青い服を片はしから調べて、あの布にあう服を探《さが》したんだわ。ますます、ひどいことになってしまった）

二人は気が気でなくなってしまった。

「それにね、グーンさんはわたしの吸《す》うたばこは何か、ってきくのよ。そして、わたしが見せたら、なんだかとてもうれしそうな顔をしてたわ」

二人は、それを聞いて、いよいよ気が重《おも》くなった。

ファットが、ベランダにまいておいたたばこの吸い殻《がら》と、ズーがいつも吸うたばことは、きっと同じだったに違《ちが》いない。あのなにげなくしかけたニセの手がかりが、ほんとの事件に関係《かんけい》ができてしまい、しかも、ズーにぴったりあうとは、なんて運が悪いんだろう。二人はいたたまれなくなって、立ちあがった。

「今日の午後、お芝居のあとで、お会いできますか？　サインを集めているんです。できれば、あたしたち、みんなでうかがいたいんですけど」

「おやすいご用よ。みんなって、何人なの？」

「五人なんです」

「ええ、いいわ。劇団《げきだん》のみんなから、もらえるようにしてあげるわ」

「まあ、すてき。ぜひ、おねがいします。ほんとにうれしいわ」

13　ラリイとピップの調査《ちょうさ》

ラリイとピップは、劇場《げきじょう》の切符売場《きっぷうりば》に行った。ところが、窓口《まどぐち》はまだ開《あ》いていなかった。

「じゃ、これを利用《りよう》して、まわりをのぞいてみようや。もし、とがめられたら、切符を買いにきたら、閉《し》まっていたものだから、といえばいいよ」

と、ピップはいった。

　二人は、あちこちの入口をのぞいてみながら、裏口《うらぐち》へ回《まわ》った。どの入口にもカギがかかっていた。

　駐車場《ちゅうしゃじょう》のところで、一人の男がモーターバイクの手入れをしていた。

「すごいバイクだなあ！」

　ピップがいった。その声を聞きつけて、男がこちらを見あげた。小太《こぶと》りの中年《ちゅうねん》の男で、くちびるがうすく、ひたいに青すじが浮《う》かんで、きげんが悪《わる》そうだった。

「なんの用《よう》だ？」

と、その男はいった。

「今日《きょう》の午後の切符を買いにきたんですけど、窓口が開いてないんです」

と、ラリイが答《こた》えた。

「売場は午後開けるんだ。土曜日だけは客《きゃく》がたくさん来るから、朝から開けるがね。さあ、わかったら、とっとと帰《かえ》りな。あの金曜日の泥棒事件《どろぼうじけん》いらい、見たことのないやつがうろつくのはがまんができん」

　ラリイがいった。

「じゃ、おじさんは、ここの支配人《しはいにん》なんだね」

「そうさ。新聞《しんぶん》に出てたろう？　薬《くすり》を飲《の》まされて、金をとられたのは、このわしさ。やったやつを見つけたら、ただじゃすまさんぞ！」

「ねえ、おじさん、だれがやったんだろうね」

と、ピップがいった。

「わからん。だが、ボイジーがやったとは思わん。あいつには、あんなまねはできやせん。だが、だれかほかのやつの手助《てだす》けぐらいはやったろう。あの時《とき》小屋には、あいつのほか、だれもいなかったんだからな」

「でも、新聞には、おじさんに薬をいれたカップをすすめたのは、ボイジーだって出ていましたよ。そうなんでしょ？」

と、ラリイはきいた。

「それに違《ちが》いないさ。あの時、わしはとてもいそがしくしていたんで、ちらっと見ただけだったが、運《はこ》んできたのは、間違《まちが》いなくボイジーだった。だって、やつはまだ、ネコの着《き》ぐるみをつけたままでいたから、間違いっこない。それから、やつは着ぐるみをつけたまま寝《ね》てしまったんだ。着ぐるみで、芝居《しばい》に出るのが、うれしくてたまらないのさ。いつだってそうなんだから。頭がちょっといかれているんだ。知能《ちのう》が発達《はったつ》してないんだ。——だから、一人でやれったって、あんなことは無理《むり》さ。そりゃ、手引《てび》きをするくらいのことは、したかもしれんぞ。なにせ、すぐ人の口にのせられちまうやつなんだから」

「じゃ、だれかが引き返してきて、ボイジーに手引きさせたということは、考えられますね。そして、いつもお茶《ちゃ》をいれる役目《やくめ》をしているボイジーに、薬のはいったカップを運ばせたので、おじさんは、うっかりしてそれを飲《の》んだ、というわけですね。そして、おじさんが目をさまさないうちに、うまいことやってしまった。——そうなんでしょう？」

「そんなところかもしれん。それにだ。その犯人《はんにん》はどうしても俳優《はいゆう》の中の一人であることは間違いない。なぜなら、わしはいつも、金庫《きんこ》のカギだけは、ほかのカギといっしょにしないで、わしのさいふにいれておくんだ。そして、それを知《し》っている者《もの》は外部《がいぶ》にはおらん。どうしても、内部《ないぶ》の者さ。そのうえ、木曜日の売上《うりあ》げ金《きん》を銀行《ぎんこう》にいれに行ったら、もう閉《し》まっていて、あずけられなかったんだ。わしはかんかんに腹《はら》をたてて帰ってきたが、そんなことを知っている者は、やはり、内部の者しかおらんのだ」

二人はそれを聞いて、ぞくぞくするほどうれしくなってきた。こいつは大ニュースだ！　しかも、支配人《しはいにん》の口から、はっきり聞いたんだから！

しかし、二人は、この支配人が嫌《きら》いだった。かんしゃく持《も》ちで、けちな男に見えたからだ。この男なら、うらんでいる人も多いだろうなあ、と思った。

「でも、警察《けっさつ》が、うまく犯人をあげてくれると思いますよ」

と、ピップがいった。そして、布《ぬの》きれをとりあげて、バイクの車輪《しゃりん》をせっせとみがいてやった。

「うん、あのグーンという巡査《じゅんさ》が、はりきって調《しら》べてるからな。あまり、がみがみどなりながら調べるものだから、ボイジーのやつ、わああ泣《な》きだしちまったくらいさ」

「ちきしょう！」

と、ピップは小声でいった。支配人《しはいにん》はびっくりしてピップの方を見た。

「いや、なんでもないんです。この油《あぶら》が、なかなかとれないんです」

ピップは、あわてていいわけした。

やがて、バイクの手入れが終《お》わって、ぴかぴかにきれいになった。

「これでよし。切符《きっぷ》を売ってやれなくて、気《き》の毒《どく》したな。午後においで。月曜日はすいてるから、らくにはいれるよ」

と、支配人は少しきげんを直《なお》していった。

二人は、大急《おおいそ》ぎでそこから立ちさった。これで、グーンさんが調べあげたくらいのことは、こちらも嗅《か》ぎつけたわけだ。

（よーし、負《ま》けるものか！）

ところでボイジーが、自分で薬をいれるはずはない。とすれば、だれかが薬をいれるのを、ボイジーは見ていたに違いない。それから、犯人が金庫を開けて盗《ぬす》むところも見ていたはずだ。グーンさんが、どなりながらボイジーを責《せ》めたてたのも、そこのところを聞きたかったのだろう。

「もうすぐ、十二時だよ。さあ、急いで帰ろう」

と、ラリイがいった。

「女の子たちは、うまくやったかなあ。それに、ファットはきっと、何かピピンさんから聞きだしてくるに違いないぞ」

ピップはそういった。

「おもしろくなってきたぞ！　さあ、急ごう！」

ラリイも叫《さけ》んだ。

二人の自転車《じてんしゃ》は、ぐんとスピードをあげて走りだした。

14 ファットの調査《ちょうさ》

ファットは、自転車《じてんしゃ》で交番《こうばん》の前を横目《よこめ》で見ながら通《とお》りすぎた。グーンさんの姿《すがた》は見えず、うまいことに、ピピンさんだけがいた。ファットは、向《む》かいの家のへいに自転車を寄《よ》せかけ、バスターに、番をしていろ、と命令《めいれい》してから、交番の中へはいっていった。

「何か、新《あたら》しい情報《じょうほう》はありますか？」

と、ファットはいった。

「金庫《きんこ》と鏡《かがみ》の指紋《しもん》のことだがね。残念《ざんねん》ながら、はっきりしたのは、ひとつもとれなかったそうだよ」

ピピン巡査《じゅんさ》は答《こた》えた。ファットは、肩《かた》をすくめていった。

「犯人《はんにん》は、そうとうずるがしこいやつですね。そうすると、ボイジーは、もう考えなくてもいいみたいだ」

ピピンさんが何かいおうとした時《とき》、バスターのけたたましくほえる声が聞こえてきた。二人が窓《まど》からのぞいてみると、グーンさんがかんかんに怒《おこ》った顔をしながら、自転車をおりるところだった。

バスターは門《もん》の真《ま》ん中《なか》で、『はいっちゃいけない、かみつくぞ！』というような調子で、さかんにグーンさんにほえついていた。

「ひきあげたほうがいいよ。まだ話すことがあるんだが――」

ピピンさんが心配《しんぱい》していった。

ファットは、ドアを開《あ》けて門の方に飛《と》び出《だ》していった。バスターを抱《だ》きあげ、自転車のバスケットの中へいれた。

「何をしておった？」

と、グーンさんがどなった。

「ピピンには、おまえなんかと口をきくな、といっておいたんだぞ。やつから情報をとろうとしたって、やつはしゃべりゃせん。だいいち、ピピンのやつなんか、この事件《じけん》のことは何も知《し》ってはおらんのだ。わしがこの事件を受《う》け持《も》っとるんだからな。どいとれ！　おまえのふくらんだ顔なんか、もう見飽《みあ》きたわい！」

「あまり乱暴《らんぼう》な言葉《ことば》は、使《つか》わないほうがいいですよ」

ファットはまじめな顔でいった。

「乱暴だって？　わしは乱暴なことはいわんさ。そのふくらんだ顔を、二度と見たくない、といってるだけだ。わしはいそがしいんじゃ。おまえなんかに、うろちょろ嗅《か》ぎ回《まわ》られてたまるもんか！」

グーンさんはわめいた。でぶのわんぱく小僧《こぞう》を、どんなふうにあしらったらよいかを、ピピンに教《おし》えてやった、と思うと、胸《むね》がすーっとした。

（わしの調査はうまくいってるんだ。こんないたずらどもに、ひっかき回されてたまるものか。今度《こんど》こそ、みごとに犯人をふんづかまえてやるぞ！）

ファットは、ピピンさんから、話の残《のこ》りを聞きだすために、道を少し先まで行って、木に自転車をもたせかけると、自分も寄りかかって、グーンさんが出かけるのを待《ま》った。

しばらくすると、グーンさんが交番から出てくるのが見えた。

（さっき、グーンさんは、ぼくのことを『ふくらんだ顔』といったな。よーし、こっちにも考えがあるぞ）

ファットは、ポケットからふくみわたを取り出すと、奥歯《おくば》とほほの内側《うちがわ》に、しっかりとつめこんだ。ほほがまん丸《まる》く、大きくふくれあがった。

グーンさんが自転車を走らせてきた。ファットは、木のかげからゆっくりと現《あらわ》れた。

「また、おまえか！」

と、グーンさんはいった。

「おまえというやつは――」

と、いいかけて、ますますふくらんだファットの顔に気がついて、目を丸くした。ファットがニヤリと笑《わら》うと、その顔がよけい大きくふくらんだ。

グーンさんは、自分の目が信《しん》じられなくなって、そのまま、ペダルを踏《ふ》んで行ってしまった。

その姿が見えなくなるのを待って、ファットはふくみわたを取ると、笑いながらピピンさんのところへ引き返した。

「ファット、グーンさんは電報《でんぽう》を打《う》ちに行ったよ。それから、劇場《げきじょう》の駐車場《ちゆうしやじょう》へ行ってもう一度《いちど》そのへんを調《しら》べるんだそうだ。それが済《す》んだら、なんでも、イヌのことで、ルー農場《のうじょう》へ行くとかいっていたよ」

ピピンさんがそう教えてくれた。

「おじゃまして悪《わる》いんだけどピピンさん、ほかにまだ、何か情報があるとかいってたでしょ？」

と、ファットはいった。ピピンさんはうなずいた。

「そうそう、あの眠《ねむ》り薬《ぐすり》のことだがね。あれは、とても強《つよ》い薬だそうだよ。飲《の》み残しから、はっきりわかったって話だ」

「盗《ぬす》まれたお金のことは？」

「それが、ぜんぶ、千円札《さつ》と、百円玉ばかりだったそうだ」

「めぼしい容疑者《ようぎしゃ》は？」

「グーンさんの報告書《ほうこくしょ》を見たんだが、まあ、なぜあんなことをやったかという理由《りゆう》から考えて、支配人《しはいにん》を憎《にく》んでいた者《もの》ということになる。しかし、あの劇団の者はみんな支配人を憎んでいたから、みんながあやしくなってしまうのさ」

「全員《ぜんいん》が支配人《しはいにん》をうらんでいたというのは、どうしてわかったのかしら？」

「それは、グーンさんが支配人に聞いたことなんだ。たとえば、ズーさんのことだ。——あの人は、あの金曜日の朝、支配人とひどくいいあって、クビをいい渡《わた》されているんだよ。ルーシイさんは、お母《かあ》さんが病気《びょうき》だからお金を貸《か》してくれ、と頼《たの》んだらしい。ところが、支配人は、怒って一円も貸してやらなかった。ピーターとウイリアムの二人は、こんなつまらない芝居《しばい》はいやだから、もっとまともな芝居をやらせてくれ、と申《もう》し出たんだ。すると、支配人《しはいにん》は、おまえたちはどうせヘタクソなんだから、子ども向きのドタバタ芝居をやるのにぴったりだ、それに、どうせろくでもない客ばかりだから、これでいいのさ、とどなったんだ」

「怒ったでしょうね」

「怒ったさ。もう少しで、なぐりあいになるところだった。そして、今度、ヘタクソだなんてぬかしたら、ぶちのめしてやる、と支配人にいったそうだ。この二人は、実際、いい人たちなんだ。ことに、ウイリアムはね」

「おもしろいですね。あとまだ、だれか残っていますか？」

「ジョンが残っている。ジョンは、前から給料《きゅうりょう》をあげてくれ、と頼んでいたんだ。支配人は、六か月この芝居が続《つづ》いたら、その時あげてやる、と約束《やくそく》していた。そこで、今度その話を持ちだした。すると支配人は、そんな約束をした覚《おぼ》えがない、といって、てんで受けつけようとしないんだ」

「ひどいやつだ。それじゃ、みんながうらむのも、もっともな話ですよね」

「そうとも、そうとも。あのボイジーでさえ、うらむくらいだからな。えーと、これでぜんぶかな？　そうだ、アレックがいたっけ」

ピピンさんは指を折《お》って数《かぞ》えた。

「アレックは、からだのあいている日を利用《りよう》して、別《べつ》の芝居に出てもいいか、と相談《そうだん》したんだ。ところが支配人《しはいにん》は、絶対《ぜったい》に許《ゆる》さない、といったそうだ。そこで二人は猛烈《もうれつ》にいいあいをしたんだ。——こういうわけで、支配人を憎んでいない者は、一人もいないことになるんだよ」

「それで、みんなのアリバイのことは？」

「みんな調べてある。そして、一人も、うそをついている者はない、とわかった。ただひとつだけ、はっきりしない点があるんだ。それは、あの晩《ばん》、姉《あね》の家から外出《がいしゅつ》したというズーさんだが、あの人が家へ帰《かえ》るところを見た者が、一人もいないという点なんだ。あの人は、郵便局《ゆうびんきょく》へ行き、それからまっすぐ家へ帰った、っていうんだがね。それに、あの人の場合《ばあい》、ハンカチのZ《ゼット》の文字《もじ》のこともあるし——こういうわけで、グーンさんはいまのところ、ズーさんとボイジーの二人をいちばんあやしいとにらんでいるようだよ」

まったく、いやなことになった、とファットは思った。

「さあ、これでぼくの知っていることは、ぜんぶ話したよ。でも、ぼくがしゃべったことは、内緒《ないしょ》にしておいてくれないと困《こま》るよ」

「絶対、秘密《ひみつ》は守《まも》ります！」

と、ファットは元気よく、答えた。

「じゃ、また」

と、ファットはピピン巡査に手を振《ふ》って、交番を出た。

15 芝居見物《しばいけんぶつ》

みんなは、ピップの大きな子ども部屋《べや》に集まって、ラリイの出したチョコレートを食べながら、報告《ほうこく》しあった。

「みんな、発表《はっぴょう》したくて待《ま》ちきれないようだね。ではまず、女の子たちからはじめてもらおう」

と、ファットはいった。

デイジイとベッツが報告した。

「ズーに会《あ》えたのは、運《うん》がよかったでしょ。とってもきれいな人よ。あんな悪《わる》いことなんか、しろったって、できない人よ」

と、デイジイがいった。

「でも、Z《ゼット》の文字《もじ》のことは、あたし、とてもいやだったわ。それに、たばこのこともよ。ほんとに、悪《わる》いことしちゃったわ」

ベッツがそうつけくわえた。

「だけどね。同じたばこを吸《す》う人は、ほかにもたくさんいるんだよ。だから、それだけでは、な

ん の証拠《しょうこ》にもならないんだ。ただ、ハンカチのほうは、ぼくも頭が痛《いた》いね」

ファットが、腕組《うでぐ》みしながらいった。

「そうよ。でっちあげたニセの証拠で、グーンさんがズーをいじめたりするのかと思うと、あたし、とても悲《かな》しくなるの」

デイジイは、本当に悲しそうだった。

「しかしデイジイ、たとえ、そのハンカチがズーのものだとしても、それをあのベランダに落としたのは、あの金曜の晩《ばん》だということにはならないんだよ。もっと前に落としたということもできるんだから。それだけでも、証拠とはいえないし、だいいち、あれはぼくたちのつくったニセものだからね」

と、ファットがいった。

「そうだ。ハンカチのことは、いざとなったら、あれはぼくたちのいたずらだった、っていえば、それでいいんだ。とても勇気《ゆうき》がいるけど」

ラリイも口をはさんだ。ファットはうなずいていった。

「じゃあ、次《つぎ》に、ラリイとピップから報告を聞こう」

二人は、支配人《しはいにん》に会《あ》った時《とき》の様子を、くわしく話した。ファットは、熱心《ねっしん》に聞いていたが、しばらくだまっていた。

「なるほど、やはり、お茶《ちゃ》を持《も》っていったのは、『ボウヤ』に間違《まちが》いない。しかし、それにしても……」

と、つぶやくようにいった。

「あたしね、ズーに、サインをもらえるように頼《たの》んできたのよ。五人で行きますからって、いっておいたの。『ボウヤ』にも会えるわ」

と、デイジイがいった。

「そりゃうまい」

ファットは喜《よろこ》んだ。

「それでは、今日の午後は、みんなで芝居《しばい》に行く。一人ひとりの演技《えんぎ》を注意《ちゅうい》して見るんだよ。そのあとで、サインをもらいながら、できるだけ、俳優《はいゆう》たちと話をする。とくにボイジーの『ボウヤ』には気をつけよう」

二時四十五分、五人は、リトル劇場《げきじょう》に集まった。五人ともできるだけ前の方に席をとり、目をさらのようにして、俳優たちの動《うご》きを見守《みまも》った。

芝居が終《お》わったのは、五時をすぎていた。サイン帳《ちょう》を手に、そろって楽屋《がくや》へ行くと、ズーが愛想《あいそ》よく、中へいれてくれた。

ピーターとウイリアムは、並《なら》んでお茶を飲《の》んでいたが、子どもたちを見ると、声をかけてきた。

「やあ、サイン集めかね。どれ、よこしな」

次に、ズーは五人をルーシイに紹介《しょうかい》した。ルーシイは、背《せ》の高《たか》い、おっとりした女の人で、芝居《しばい》では、ズーのやっているディックの女友達《ともだち》の役《やく》をしていた。舞台《ぶたい》では、巻《ま》き毛《げ》の金髪《きんぱつ》のすばらしい美人《びじん》だが、かつらをとったいまは、それほどでもなかった。そこへ、ジョンが現《あらわ》れた。

「おれのサインが欲《ほ》しいって？　じょうだんだろう」

と、大声で笑《わら》ったが、上きげんで、サインにおうじてくれた。

ファットは、ウイリアムとピーターに、ラリイはジョンに話しかけた。ピップが、ぼくはどうしようかな、と、あたりを見回《みまわ》した時、ディックの母親《ははおや》役のアレックが、部屋にはいってきた。

「サインをいただけませんか？」

ピップは急《いそ》いで近《ちか》づいた。

「わしの字が読《よ》めるかな」

と、いいながらアレックはピップの出したサイン帳にサインしてくれたが、なるほど本当にひどいなぐりがきだった。ズーは、それを横《よこ》から見て笑った。

「アレックって、いつもこうなのよ。もう少し、ましなサインを考えなさいよ」

16　木ぼりの小ヒツジ

そろそろ、ひきあげる時《とき》が来たようだ。ファットは、長《なが》くいすぎたように思ったが、急《きゅう》に、ボイジーのことに気がついていった。

「ネコはどうしたんだろう。まだ、サインをもらってないよ」

「舞台《ぶたい》のおそうじでしょ、きっと。それも、あの子の仕事《しごと》なの。でも、サインはだめ。字が書けないのよ」

ズーの言葉《ことば》に、ベッツはびっくりした。

「本当《ほんとう》？　だって、おとなでしょう？」

「歳《とし》は二十四だけど、六つくらいの子どもと同じね。読《よ》むこともできないの」

そこへ、ネコがはいってきた。あいかわらず着《き》ぐるみをつけたままで、うしろへはねあげたネコの頭が、気味《きみ》の悪《わる》いフードのようにたれている。頭でっかちのうえに前歯《まえば》がうさぎのように出っぱって、キョトキョトしている。

ボイジーはズーのそばに来て、そでを引《ひ》っぱった。

「ズー、『ボウヤ』を助《たす》けておくれよ」

「どうしたの？　ズーに話してごらんなさい」

ズーが、子どもをあやすようにいうと、ボイジーの『ボウヤ』は、背中《せなか》を向《む》けて見せた。しっぽのそばに、大きなかぎざきができていた。それともうひとつ、おなかのところのぬい目が、ほころびていた。

「ズー、ぬってくれる？」

「ええいいわ。だけど、あんた太《ふと》りすぎよ。あんまり食べるから、おなかがさけちゃうのよ」

ピーターとのっぽのウイリアムは、さようならをいって出ていき、ルーシイも続《つづ》いて帰《かえ》った。

ボイジーは、ルーシイの金髪《きんぱつ》のかつらをかぶり、みっともないかっこうで、部屋《へや》じゅうをかけずり回《まわ》った。

「ね、まるで子どもでしょ。だけど、とっても心《こころ》はやさしいの。それに、手先が器用《きよう》なのよ。ほら、これ『ボウヤ』がわたしのためにつくってくれたものよ」

それは木をほってつくった、小さなヒツジだった。

「まあすてき。ボイジー、どうしてこんなに上手《じょうず》にほれるんでしょう」

と、ベッツはすっかり感心《かんしん》してしまった。

ボイジー『ボウヤ』は、突然《とつぜん》部屋を出ていったかと思うと、同じような小ヒツジを持《も》ってきて、目をいっぱいに開《ひら》いて、それをベッツの手に押《お》しつけた。

「あげるよ、あんたがほめてくれたから」

ベッツはびっくりした。ボイジーのおさない心は、子どもと同じように素直《すなお》なのだ。ベッツは、しっかりと木のヒツジを抱《だ》きしめた。

「『ボウヤ』、この小さなおじょうさんが、どんなに喜《よろこ》んでいるかわかる？」

ズーはそういうと、五人に向かっていった。

「いつもこうなの。困《こま》っている人があれば、自分の着ているシャツだって、脱《ぬ》いであげちゃう人よ。『ボウヤ』を好《す》きにならずにはいられないわね。だから、『ボウヤ』をいじめる人がいると──支配人《しはいにん》がそうよ──本当に腹《はら》が立つわ。ね、金曜日のこと覚《おぼ》えている？　ボイジー」

ボイジーは、悲《かな》しそうな顔をしていった。

「行かないでおくれよ、ズー。『ボウヤ』を置《お》いてきぼりにしないでくれよ」

「金曜日に、支配人がわたしをクビにするっていったからなのよ。でも、今日の午後取り消したわ。へんな人、みんなに嫌《きら》われているのよ」

ファットは、うなずいてみんなをふり返った。

「そろそろ、さようならしようか」

すると、ズーは、ボイジーのお茶《ちゃ》を飲《の》んでいきなさい、とすすめてくれた。

「この子は、とってもお茶のいれ方《かた》がうまいのよ。お芝居《しばい》のあと、みんなにだしてくれるの。支配人のもいれるのよ。ね、『ボウヤ』」

するると、ボイジーがわっと泣《な》きだした。

「ぼく、お茶持ってかなかった。ぼくじゃない」

ズーは、ボイジーの背中をなでてやった。

「ごめんなさい。思い出しちゃったのね。グーンさんがしつこく、お茶を運《はこ》んだことをみとめさせようとしたけど、『ボウヤ』は違《ちが》うって、いいはったのよ。支配人はそうだというし、『ボウヤ』はこんがらかって、思い出せないのね」

ファットはぞくぞくした。

「ボイジー、心配《しんぱい》しなくてもいいよ。きみが何もしなかったことは、ちゃんとわかってるよ」

「ねえ、ズー。ズーはあの晩《ばん》帰っちゃった。だから、ぼくは、ネコのきものを着たまま、火のある部屋へ行ったよ」

「ベランダのある部屋のことよ。とても火が好きなの」

「そして、あんたと、あんたと、あんた、見た」

ボイジーは、ファット、ラリイ、ピップの三人をさした。

「そんな話、はじめてよ。『ボウヤ』、うそいってはだめよ」

「見た。三人とも窓《まど》からのぞいていた。『ボウヤ』がそっち見たら、びっくりしてたから、こわがらなくてもいいって、おいでおいでしたよ」

五人は顔を見合わせた。ボイジーは、本当のことをいっているのだ。そのとおりだった。ファットはきいた。

「このこと、グーンさんに話したの？」

「ううん、あの時忘《わす》れてた。いま思い出した」

「子どもたちがいなくなったあと、何したの？」

ボイジーは、思い出そうと、顔をしかめた。

「お茶いれた。自分のと、支配人さんの」

「自分のを飲むのと、向こうへ運ぶのと、どっちが先だったの？」

「熱《あつ》いから、さめるまで遊《あそ》んでた。それから、飲んだ」

「それから、支配人のを、ついで、持ってったの？」

ボイジーは目をパチクリさせて、たちまち、心配そうな目つきになった。

「違う！　運ばない。運ばないよ！　くたびれて寝《ね》ちゃった。二階には持ってかないよ。本当に運ばなかったんだ！」

みんな、なんといっていいかわからず、だまりこんでしまった。

17　アリバイ調《しら》べ

ボイジーが興奮《こうふん》するだけなので、もうその話はしないことにしたが、ファットはゆきずまってしまった。ネコの着《き》ぐるみをつけていたのだから、お茶《ちゃ》を運《はこ》んだのは、支配人《しはいにん》がいいはるとおり、ボイジーに違《ちが》いない。それなのに、なぜ、みとめないのか？　だれかをかばっているのか？

それはズーだろうか？　しかしグーンさんならとにかく、だれだって、ズーを疑《うたが》う気にはなれない。まずほかの人たちのアリバイを、一刻《いっこく》も早く、調べなければならない。

子どもたちが、そろそろひきあげようとした時《とき》、支配人のどなり声が聞こえた。

「そこの騒《さわ》ぎは、いったいだれだ！　ズーがいるな？」

「ええ、ネコの着ぐるみがほころびたので、つくろってるんです。それに、サインが欲《ほ》しいというお客《きゃく》さまがいて、いっしょにお茶をいただいたところです」

「ふん、ボイジーが、へんな薬《くすり》をいれないように気をつけるんだな」

ばたん、と、乱暴《らんぼう》にドアを閉《し》める音がした。

「なんていやな言《い》い方《かた》をするんだろう！」

ラリイがいうと、ズーも、まったくよ、というようにうなずいた。

子どもたちは、ズーとボイジーに握手《あくしゅ》して、さようならをいった。ボイジーは、すっかり喜《よろこ》んで、握手《あくしゅ》するたびにおじぎをした。

外《そと》へ出てから、自転車《じてんしゃ》を押《お》しながら、ラリイがいった。

「ファット、ボイジーの話を信《しん》じるかい？」

「うん、そんなはずはないと思いながら、ボイジーがうそをいってるとは、どうしても思えないんだ。いままでに、こんなに迷《まよ》ったことはないよ」

「ズーじゃないわ。ズーは絶対《ぜったい》、絶対そんな人じゃないもの」

と、ベッツがいった。

「そうなんだよ。ベッツのいうとおりだ。だから、明日《あした》は、ほかの連中《れんちゅう》のアリバイを調べなおそう」

次《つぎ》の朝、デイジイは、つくりかけのクッションを持《も》って、ラリイといっしょに、アダムズさんのアパートをたずねた。

「まあまあ、デイジイさんにラリイさん。しばらく見ないうちに、なんて大きくなったんでしょう。どうぞおはいりくださいな」

小がらで、真《ま》っ白《しろ》な頭のアダムズおばあさんは、大喜びで二人を中にいれて、チョコレートやビスケットを出してくれた。

「ねえ、復活祭《ふっかつさい》までに、このクッションをしあげていただけないかしら？　お母《かあ》さんにプレゼントするの。あたしはハンカチもししゅうしているので間に合わないの」

「はいはい、喜んでいたしますよ。デイジイさん。お母さまのためなら、お金はいりませんよ」

「ありがとう、おばあさん。じゃあ、お庭《にわ》のスイセンが咲《さ》いたら、届《とど》けるわね」

「お二人に会えて、ほんとにうれしいですよ。リューマチで、外へ出られないから、お客さまがみえると、気がはればれするんですよ」

二人は、しめた！　と思った。ラリイはさっそくきいてみた。

「ルーシイを知っていますか？　ほら、お芝居《しばい》に出ている」

「ええ、先週、わたしの具合《ぐあい》が悪《わる》かった時は、毎晩《まいばん》来て、編《あ》み物《もの》をしてくれましたよ。ほんとにやさしい娘《むすめ》さんですよ」

「じゃあ、金曜日も来たの？」

「おやまあ、グーンさんと同じことをきくんですね。ルーシイは、六時十五分前から九時半までいましたよ。わたしたちは、九時のニュースを聞いて、それからココアを飲《の》んで、そりゃ楽しかった」

「ルーシイは、途中《とちゅう》で出ていかなかったの？」

「この部屋からも出ませんよ。ずっとすわって、編《あ》み物をしていたんです」

その時、玄関《げんかん》のベルが鳴《な》った。デイジイが出てみると、グーン巡査《じゅんさ》が立っているではないか。

「なんだ、おまえたちは！　また、うろうろ嗅《か》ぎ回《まわ》っとるな！」

「ししゅうを頼《たの》みにきたのよ」

「どうだかあやしいもんだ。アダムズさんは中かね？」

「そうですよ」

と、ふきげんそうなアダムズおばあさんの声がした。

「グーンさん。またかね。もうなんにもいうことなんかありませんよ」

「ふたつ三つ、ききたいことがあるんだ」

グーンさんは居間《いま》へはいった。

「やれやれ、おまえさんは、子どもの頃《ころ》から、手のつけられないはなったれ小僧《こぞう》だったけど、ちっともかわらないいね」

二人は大急《おおいそ》ぎでさようならをいうと、外へ飛《と》び出《だ》して、大笑《おおわら》いした。

「ねえ、デイジイ、さぞ手のつけられない子どもだったろうな、あの人。でも、うまくいったね」

「ほんと。ルーシイは白ね。ほかの人たちはどうしてるかしら？」

そのころ、ファットとピップの二人は、ウイリアムとピーターが散歩《さんぽ》した道順《みちじゅん》どおりに、川岸《かわぎし》を歩いていた。やがて、ひょろ長《なが》い塔《とう》のある建物《たてもの》が見えた。看板《かんばん》がかかっている。

「コーヒー、サンドイッチ、ほか軽食《けいしょく》——ここだ。これ食べてみよう。ぼく、おなかがぺこぺこだ」

二人はサクラソウの咲いている庭の見えるテーブルについた。せいぜい十五歳《さい》ぐらいにしか見えない、小さなウェイトレスが、すぐコーヒーや肉《にく》を持ってきた。

「アリバイ調べも、こんなところなら大歓迎《だいかんげい》だ。ほら、うまそうだなあ」

「だけど、お金はだいじょうぶかい？　ぼくは少ししかない」

「まかしときたまえ。——腹《はら》が減《へ》ってはいくさができない」

と、ファットはポケットをちゃらちゃらしてみせた。

「や、あれはだれだ！」

グーンさんだった。グーンさんのほうでも、ファットを見つけた。

18　食堂《しょくどう》で

グーン巡査《じゅんさ》は、ファットのテーブルに寄《よ》ってきた。

「どこに行っても、おまえたちにぶつかる。いったいここで何をしとるんだ？」

「食事してます、グーンさん」

「だまれ！」

「だまれっていったって、きいたのはあなたですよ、グーンさん」

「わかっとる。アダムズばあさんのところへ行けば、先にきておるし、ここにはおまえたちがいる。もうたくさんだ！」

「ほんとに、よくお目にかかりますね。おかしいですね」

と、ファットは、いつもグーンさんをかっかとさせるていねいな言《い》い方《かた》でいった。グーンさんはむっとして、顔をむらさき色にしながら、ウェイトレスにきいた。

「お母《かあ》さんはどこだ？　ききたいことがあるんだ」

「いえ、いまあたし一人ですわ。でも、待《ま》ってればじき帰《かえ》りますけど」

「だめだ。いそがしいから、明日《あした》また来よう」

グーンさんはそういって、帰ろうとしたが、その時《とき》、ファットのほほが普通《ふつう》になっているのに気がついた。

「きのうより、顔が細《ほそ》くなっとるじゃないか？」

「そうかな――きっと、奥歯《おくば》をみんな抜《ぬ》いちゃったんでしょうね。ええーと、ピップ、ぼく、歯を抜いたっけ？」

グーンさんは、いまいましそうに舌打《したう》ちして、出ていった。ウェイトレスは笑《わら》った。

「あなたって、おもしろいのね。あのおまわりさんたら、あたしとママに、金曜の夜来た人たちのこと、うるさくきくのよ。いやんなっちゃう」

「それ、俳優《はいゆう》のことでしょ？　ぼく、サインしてもらった。じゃあ、金曜の夜、ここに来たの？」

「そうよ、あたしのお誕生日《たんじょうび》だから、忘《わす》れっこないわ。ピーターが本をくれたの。六時半のラジオを聞いてる時だったわ」

「六時半ね。それで？」

「コーヒーとサンドイッチ食べながら、七時の放送劇《ほうそうげき》を聞いてたら、ラジオが故障《こしょう》しちゃったの」

時間《じかん》に注意《ちゅうい》していたファットは、がっかりした。

「でも、ピーターが電気《でんき》は得意《とくい》だから、直《なお》してあげる、っていうんで、ママが八時の音楽《おんがく》を聞きたいから頼《たの》むっていったの。ところが、八時二十分すぎまでかかっちゃったの。音楽番組《ばんぐみ》ははじまってたけど、まあ間に合ったわ。それから、二人はフェリーボート（渡《わた》し船《ぶね》）で帰ったのよ」

これで、ピーターとウイリアムは白と決まった。ウェイトレスの話にうそはないようだ。ファットは立ちあがった。

「ありがとう。とってもおいしかった」

ファットは、すっかり満足《まんぞく》してそこを出た。

「さあ、ジョンの見た映画《えいが》をのぞくのに、ちょうどいい時間だ。ああ、食べすぎちゃって、頭がぼんやりする」

二人は映画館の窓口《まどぐち》に行った。切符《きっぷ》の山を整理《せいり》している娘《むすめ》に、ファットはたずねた。

「先週の映画のことなんですが……」

「先週の映画を見るつもり？　ちょっと手遅《ておく》れね」

娘はくすくす笑った。

ファットは、ピップのあっけにとられた顔にかまわずいった。

「友達《ともだち》とぼくで、かけをしたんです。先週の映画は、『泣《な》き虫小僧《むしこぞう》』か、それとも、えーと、その『ヘンリー五世《ごせい》』か――」

「残念《ざんねん》でした。両方《りょうほう》とも間違《まちが》いよ」

ファットは、ぷんとした顔で、背《せ》を向《む》けた。とたんに、だれかにつきあたってしまった。聞きなれた声が、耳もとではれつした。

「こら！　またここで、何しとるんだ！」

「その子たち、先週の映画を見たいんですって」

と、窓口の娘が、笑いながら説明《せつめい》した。

「だから、追《お》いはらったところですよ。いけませんでしたか？」

「いいとも。本人《ほんにん》たちがそうしてもらいたがっとるんだ。ちょっかいばかりだしおって――」

と、いいかけて、グーンさんはファットをまたどなろうとしたが、二人はもう、とうにどこかへ消えていた。

「ちぇっ、ついてないや。あの女の人は、グーンさんにはおしゃべりしそうだな」

「うん、おしかった。あ、でもファット、うちのコックのキティにきいてみようよ。キティはこの九年間、毎週《まいしゅう》金曜日に映画に行くんだ。うちの台所なら、グーンさんにぶつかる心配《しんぱい》はないよ」

二人はピップの家へ帰った。キティが二人にレモネードを運《はこ》んできた。

「キティ、先週の映画見た？」

と、ピップがきりだした。

「へえ、見ましたとも。九年間、かかしたことがありません」

「何を見たの？」

「六時に行った時は、ニュースがはじまってて、次はまんが、六時半からは『光のかなたへ』で、うんともらい泣きしましたよ」

ファットが口をだした。

「だれか知《し》り合《あ》いの人に会《あ》った？」

「さあ、覚《おぼ》えてないですねえ。いつも映画にうちこんじまうから。途中《とちゅう》でちょんぎれて、ほんとにおしいことしましたよ」

「ちょんぎれたって？」

「そうですよ。四回もちょんぎれましてねえ。いつもはらはらするところだったもんで、みんなぶつぶついってましたっけ」

ファットは立ちあがった。

「レモネードをごちそうさま。今週も、また見るんでしょう？」

「へえ、今度《こんど》は『三つの心』でございますよ」

「おもしろそうだね。うんともらい泣きができそうだ。いそがしくて、いっしょに行って、ハンカチを貸《か》してあげられないのが残念《ざんねん》だな」

「まあ、すみにおけない坊《ぼっ》ちゃんだこと」

キティはにこにこした。ファットはピップの腕《うで》を引《ひ》っぱって外《そと》へ出た。

「フィルムが切れたか。――ジョンをとっつかまえて、確《たし》かめなくちゃ」

「うん、でもどうやって？　まさか、『金曜日は何時に映画に行きましたか？　途中《とちゅう》でちょんぎれましたか？』なんて、きくわけにもいかないだろう」
「もちろんさ。考えとくよ。もうお昼だろ？　午後にまた会おう」

19　ジョンと映画《えいが》

昼ごはんのあと、ファットはズーに電話《でんわ》して、ジョンが川向《かわむ》こうの丘《おか》にピクニックに出かけるはずだ、ということを聞きだした。それから、また、グーンさんがボイジーに会《あ》いにきて、もうぐずぐずしていられない、といったことも聞いて、暗《くら》い気持ちになった。ボイジーは、おそろしさのあまり、やりもしないことをみとめるかもしれない！　ボイジーに、無理《むり》やり罪《つみ》を押《お》しつけ、真犯人《しんはんにん》をのうのうとさせるなんて、あるものか！

ファットは、ラリイとピップに、ジョンが川向こうへ行くことを、電話した。

「だからね、ジョンに会うために、ぼくらもおやつを持《も》って、ピクニックしようよ。今日《きょう》は、すばらしいお天気《てんき》だから、ピクニックも悪《わる》くないだろ？」

とくに、ピップには、もう一度《いちど》キティにきいて、フイルムの切れた回数《かいすう》と、できればその時間《じかん》を確《たし》かめるように、と念《ねん》を押した。

「忘《わす》れるといけないから、書きとめてきてくれよ、ピップ。ジョンがさいごの頼《たの》みのつななんだ

——とにかく、アレックは一〇〇人もの客《きゃく》の前にいたんだから」

探偵団《たんていだん》は、二時四十分に、フェリーボートの出るところに集まった。

「お昼すぎに渡《わた》った人はいますか？」

ファットが、一人十円の船賃《ふなちん》をはらいながら、船《ふね》の人にきいた。一人も来なかった、という話なので、みんなは先に川を渡って待《ま》つことにした。

船をおりると、急《きゅう》な坂《さか》をてっぺんまで登《のぼ》った。ファットは、船を見おろせる場所《ばしょ》をえらんだ。

「ここから、ジョンが見わけられるかどうかわからないけど、たぶん、なんとかなるだろう。ジョンはからだが大きいから」

春の日ざしは、ぽかぽかとあたたかく、黄色い花がそよ風にゆれて、とても気持ちがよかった。ラリイは、あくびをして寝《ね》ころんだ。

「諸君《しょくん》、頼むよ。あーあ、ぼくはひと眠《ねむ》りさせてもらう」

しかし、十分もたたないうちに、ファットにたたき起《お》こされた。

「向こう岸《ぎし》に立って船を待ってる男がいるだろ？　あれがジョンかどうか、きみもよく見てくれよ」

ラリイは飛《と》び起きた。日頃《ひごろ》、目がいいのを自慢《じまん》にしているラリイは、じっと川向こうの男に目をすえた。

「どうもそうらしい。こっちへ来ないかなあ。あとを追《お》いかけて、何キロも歩かせられるのはごめんだからな」

さいわい、ラリイののぞみどおり、ジョンは川を渡って、子どもたちの来たのと同じ道を、こちらへやって来た。ファットは立ちあがった。

「さあ、あちこち、歩くふりをしよう。ジョンがすわったら、ぼくらもその近《ちか》くに陣取《じんど》ろう」

「どうやって探《さぐ》りをいれるの？」

と、ピップがきいた。

「ぼくがスタートをきるから、きみたちは、あとに続《つづ》くんだ。なにげなく、いろいろ質問《しつもん》するのさ」

ジョンは、丘のてっぺんに着《つ》くと、川を見おろす木《こ》かげに、頭の下に両手《りょうて》を当てて、ながながと寝そべった。ファットはそのそばに行って、みんなに「来いよ！」と叫んでから、ジョンに向かって、ていねいにいった。

「ぼくたち、ここへ来ても、おじゃまじゃないでしょうか？」

「かまわんよ。だが、あまりわいわい騒《さわ》がないでくれ。せっかくのんびりしに来たんだから」

ジョンは、起きあがってたばこをくわえると、からだじゅうあちこちたたいて、顔をしかめた。

「きみたちは、マッチを持っていないだろうな。うっかり忘れちゃったよ」

ファットは、思いつくかぎり、なんでも持って歩く主義《しゅぎ》だ。いつ、何が必要《ひつよう》になるかわからない。だから、ポケットを探ると、すぐさまさしだした。

「箱《はこ》ごとどうぞ。ぼくは二十歳《さい》になるまで、たばこは吸《す》いませんから」

「いい心《こころ》がけだ。ありがとう。しかし、どこかで見た顔だな、きみは」

「きのう、楽屋《がくや》へ行きましたよ。サインしていただいたのはぼくたちです」

「そうか、思い出したよ。きみたちも、おやつを持ってきてるのかい？」

「ええ、ちょうどはじめようと思ってたところなんです。ごいっしょにいかがですか？　たくさんあるんです」

「よしきた。じゃ、ぼくのも出して、真《ま》ん中《なか》に集めよう」

楽しいお三時だった。みんな思いきって、いろいろおしゃべりした。

「ラリイ、今週の映画はなんだっけ？　え、違《ちが》うよ、それは先週だ」

「いや、先週は、前半がニュースとまんがで、後半は『光のかなたへ』だった。ひどいフィルムだったよ」

と、ジョンがすぐ口をだした。ファットはききかえした。

「へえ、ぼくはおもしろいって聞いたんですけど、じゃ、見たんですか？」

「うん、金曜だったかな。しかし、あまりつまらないので、居眠《いねむ》りしちゃったよ」

では、何回フィルムが切れたか、知らないわけだ。小さな探偵たちは、がっかりした。

「いびきはかかなかったでしょうね。もっとも、かいたら、まわりの人が起こすだろうけど」

「目がさめてはいたんだよ。まわりがなんだかがやがやしゃべってたね。きっと、フィルムでも切れたんだろう。でも、すぐまた、ウトウトしてしまった」

「それはうるさかったでしょうね。でも、しょっちゅうじゃないでしょ？」

「いや、それが少なくとも四回は切れたね。一回めの時、時計《とけい》を見たら、七時十五分前で、二回目は十分すぎだった」

ピップはそっと手帳《てちょう》を出して、ファットにうなずいて見せた。間違《まちが》いないのだ。話は、劇場《げきじょう》の強盗事件《ごうとうじけん》にうつった。

「まったく、犯人がだれか見当がつかない。『ボウヤ』――ボイジーじゃないよ。そんなことをする度胸《どきょう》も知恵《ちえ》もない。おとなしいやつなんだ。ズーが好《す》きなだけだよ。ズーもボイジーにやさしいからね」

五人は山をおりた。ジョンは、日の沈《しず》むところをながめるのだといって、一人残《のこ》った。声の届《とど》かない場所に来た時、ファットはみんなにいった。

「ジョンも白だ。あのアリバイは申《もう》し分《ぶん》ない。この事件は、ますますわからなくなってきたぞ。

ぼくもお手あげかなあ！」

20　でかしたぞ、ベッツ！

その夜、ファットはあるったけの知恵《ちえ》をしぼってみたが、なんの答《こた》えも出なかった。すっかりよわったファットは、あくる朝ピピンさんのところへ出かけた。グーンさんはボイジーのところへ行って、留守《るす》だった。

「あの人は、ズーのことも疑《うたぐ》っているんですか？」

「なにしろ、Z《ゼット》の頭文字《かしらもじ》のあるハンカチが証拠《しょうこ》だからね」

「ばかばかしいな！　ハンカチなんか、何日も前から落ちていたかもしれないでしょう？　その晩《ばん》、ズーがそこに来た証拠にはなりませんよ」

「ベランダは、金曜の午後四時に、そうじ係《がかり》がそうじしたんだそうだ。だから、ハンカチを落としたのはそのあとだよ」

ファットはくちびるをかんだ。

「ズーが、そのハンカチを自分のものじゃない、見たこともない、といいはるんで、グーンさんもよわっている。しかしZ《ゼット》はまずい。めったにない頭文字だからね」

もし、何か起《お》きたら、すぐ電話《でんわ》してもらう約束《やくそく》をして、ファットはしょんぼりと家に帰《かえ》った。生まれてはじめての完敗《かんぱい》だ。ファットは、もう探偵《たんてい》なんかやめようかと考えたほどだった。

五人が集まる約束の十時にならないうちに、ピピンさんからファットへ、悪《わる》い知《し》らせがはいった。

「時間《じかん》がないから、簡単《かんたん》に話すよ。ボイジーが白状《はくじょう》した。ズーもいっしょだというんだ。ボイジーが、ズーをベランダのドアからはいらせ、二人でお茶《ちゃ》をいれて、ボイジーが運《はこ》んだ。それからズーが二階に行って、金庫《きんこ》を開《あ》けたそうだ」

「で、でも、ピピンさん、そんなはずはありません。二人がやったんじゃない！　グーンさんが、無理《むり》やり、そういわせたんでしょう？」

「ぼくもそうじゃないかと疑《うたぐ》っている。しかし、ぼくはグーンさんに逆《さか》らうことはできない。きみだけが頼《たよ》りだ。ジェンクス警部《けいぶ》にはきみが話してくれ」

「だって、何も証拠《しょうこ》がないんだもん！」

「しかし、このさい――」

そこで、ぷっつり電話が切れた。グーンさんが戻《もど》ったらしい。

ファットは、ピップの家まで、自転車《じてんしゃ》をとばした。

「これは大変《たいへん》なことになった。いままでぼくたちの手がけた事件《じけん》のどれよりも、むずかしい。どうする？」

と、ラリイは青い顔をして、ファットにいった。ファットは手帳《てちょう》を出した。

「いいかい。もう一度はじめから読《よ》みなおす。聞き落とさないようによく聞いていっしょに考えてみてくれ」

バスターさえ、耳を立てて、静《しず》かに聞いていたが、ファットが読み終《お》わっても、だれも口を開《ひら》く者はなかった。

「何か気がつかないか？」

みんな、首を振《ふ》った。ファットは手帳を投《な》げていった。

「負《ま》けた！　おしまいだ！　七人のあやしい人のうち、いちばんしそうもない二人があやしくて、しそうな連中《れんちゅう》には、立派《りっぱ》なアリバイがある。あのネコの『ボウヤ』が、やれるわけはないのに！」

「それじゃあ、だれかがボイジーの着《き》ぐるみを着て、やったのかしら」

と、ベッツがいった。みんな、鼻で笑《わら》ったので、ベッツは真《ま》っ赤《か》になった。

ところが、ファットは、とつぜん、狂《くる》ったようにベッツの肩《かた》をつかむと、めちゃめちゃにゆすぶった。ベッツはびっくりして、口もきけなかった。

「ベッツ、ベッツ、ああ、きみは『五人と一匹《いっぴき》』探偵団の団長《だんちょう》になる資格《しかく》があるぞ！　どうしてぼくは、いままでそれに気がつかなかったんだろう!」

ファットは、あきれているみんなの前で、ベッツを抱《だ》いて振り回《まわ》した。

「ベッツ、きみはボイジーとズーを助《たす》けたんだよ。えらいぞ!」

「ファ、ファ、ファット、いいかげんにして、なんのことか話してちょうだい!」

ベッツが大声をあげた。

「よろしい。きみたち、ベッツがなんていったか聞いたね。『だれかがボイジーの着《き》ぐるみを着て――』そういったろ? まだわからないかい? ラリイ」

「わかりかけてきた。でも、きみはすっかりわかったんだろ? 話せよ」

「ボイジーはお茶を運ばないといい、支配人《しはいにん》は運んだといった。なぜか? ボイジーはネコの皮《かわ》を着てるからだ。とにかく、お茶を運んだのは着ぐるみのネコだ。しかし、支配人は皮の中まで見たわけじゃない」

ファットはぐるっとみんなを見回した。

「さて、五時半に、ぼくたちが見ていたとおり、俳優《はいゆう》たちは楽屋《がくや》を出た。残《のこ》ったのはボイジー一人だ。支配人は二階の事務所《じむしょ》にいた。俳優の中に、支配人をうらんで、仕返しをたくらんでいたやつがいて、そいつがこっそり戻ってきて、隠《かく》れていた。ボイジーは、自分のお茶をいれたが、熱《あつ》すぎるので、さめるまで飲《の》まなかった。そいつは、そのお茶に、そっと眠《ねむ》り薬《ぐすり》をいれた。ボイジーはお茶を飲むと、眠くなって、ベランダの部屋《へや》に行き、寝《ね》てしまった。そこへ――」

「そいつが来た！」

みんなは、声を合わせて、叫《さけ》んだ。

「そう、ネコの着ぐるみを着て、支配人《しはいにん》のお茶に薬をいれ、二階へ運んだ」

「そして、支配人がお茶を飲み終わって、寝てしまうのを待《ま》って、盗《ぬす》んだのね」

と、デイジイが続《つづ》けた。

「それから、下へおりて、またボイジーに着ぐるみを着せて、金とともにさようならってわけだ。そいつは、カップに眠り薬のあとが発見《はっけん》された時《とき》、まず、だれがお茶を運んだか、問題《もんだい》になることを知っていた」

ベッツの目が輝《かがや》いた。

「すばらしいわ、ファット。これで事件も解決《かいけつ》ね」

「まだだよ」

と、ラリイとピップが反対《はんたい》した。

「そうだ。まだ、ネコの中身《なかみ》がだれだか、かんじんなことが残っている」

21　ネコの正体《しょうたい》

「考えたって無駄《むだ》だよ。みんな立派《りっぱ》なアリバイがあるもの」

とうとう、ピップが投《な》げだした。

「いや、調《しら》べなおすんだ。さて、ネコの中身《なかみ》は、いったいだれだろう？」

「ジョンではないわ。大きすぎるもの」

と、デイジイがいった。

「そうだ。ボイジーと同じくらいの人間だ」

その時《とき》、ラリイがひざを打《う》った。

「アレックだ。背《せ》がいちばん低《ひく》いよ！」

「そうだ。ほかの人たちは、みんな、大きすぎる。女の人だって二人とも背が高《たか》いし。アレックのほか、あの皮《かわ》は着《き》られないな」

「ファット、ボイジーが、ほころびをズーにぬってもらったこと、覚《おぼ》えてる？　そしたら、ズーが太《ふと》りすぎだっていったじゃないの。だから、アレックならぴったりよ」

「しかし、アレックのアリバイが、いちばんしっかりしてる……」

「とってもくずせそうにないね」

と、ラリイもいった。

「いや、そうとはかぎらないな。あの晩《ばん》、劇場《げきじょう》にいたのなら、シープリッジにいることはできないはずだ。そうだ、もう一度《いちど》調べよう。名探偵《めいたんてい》なら、ひとつ残《のこ》らず調べるべきだ、なんて、自分でいっていたくせに、とんだ手落ちだった」

と、ファットはうなるようにいった。

「だれか、シープリッジ町に、知《し》り合《あ》いはないかい？」

ファットは、四人の顔をながめ回した。さいわいラリイのいとこのフレデイ・ウイルソンがいた。

「でも、そのフレデイが、女のかっこうをして歌をうたう男なんかのショーを、見にいくはずはないな。だいいち、そんな電話《でんわ》をかけたら、笑《わら》われちゃう」

しかし、ラリイは、ファットの命令《めいれい》で、しぶしぶ電話することを引《ひ》き受《う》けた。ちょうど電話にでたのは、フレデイの姉《ねえ》さんの十八歳《さい》になるジュリアだった。

「フレデイは、どんな歌だってききに行きゃしないわよ、ラリイ。でも、ママとわたしが、アレックのショーに行ったわ。女性のものまねがとても上手《じょうず》で、男の人とは思えないくらいだったわよ。あとで、サインをもらってきたけど」

「ちょっと、待《ま》ってね」

ラリイは、ファットにこのことを知らせた。ファットは飛《と》びあがった。

「しめた！　ぼくたちも、アレックのサインを持《も》ってるじゃないか。ジュリアのとくらべよう。似《に》ても似つかないこと、うけあいだ！」

ファットは、電話にとびついた。

「もしもし、お目にかかって、お話ししたいんです。次《つぎ》のバスで行きます。待っていてください」

「大事件《だいじけん》でも持ちあがったみたい。でもいいわ。お待ちしてます。なんだかおもしろそうね」

ファットはみんなをふり返った。

「これからシープリッジ町へ行く。きみたちは？」

「もちろん！」

いよいよ事件の大づめが、目の前にせまっているのだ。みんないっせいに立ちあがった。――一時間後、ジュリアは、五人が行進《こうしん》してくるのを見つけた。

ファットは、さっそく、話をきりだした。

「はじめから話すと長《なが》くなるから――とにかく、アレックのことを知りたいんです。アレックは、確《たし》かにショーに出たんですか？」

「ええ、もちろん、ちゃんと出ていたわ」

　まさかと思った返事《へんじ》に、ファットはがくんときた。しかし、まだ、あきらめてはいなかった。ファットは、ジュリアに頼《たの》んで、アレックのサインを見せてもらい五人のサイン帳《ちょう》のとくらべてみた。ふたつの字は、まるっきり違《ちが》っていた！

「これをごらん！　ぼくたちに書いてくれた字は、すごくへたな字だ。しかし、ジュリアのはこんなにきれいじゃないか。これはアレックの字じゃないよ！」

「じゃあ、ふたごの妹《いもうと》の字だって、いいたいんじゃない？」

と、ジュリアは笑った。

　ファットは、キツネにつままれたように、ジュリアを見つめた。

「ふたごの妹？　アレックに、そんな妹がいるんですか？」

「知らないの？　前に見たわ。この町じゃなくて、マーロウ町に住んでるけど、同じ芸人《げいにん》よ。小《こ》柄《がら》で、ぽっちゃりしてて、アレックそっくり」

　ファットは深《ふか》いため息《いき》をついた。

「そうだったのか。考えなくても、これよりいい答《こた》えはない。すると、妹をつかったんだな。芸は達者《たっしゃ》ですか？」

「そうね。でも、アレックのほうがずっとうまいはずなんだけど、金曜の夜は、ひどいかぜをひいてて、うたはちっともよくなかった。せきばかりしてて――」

みんなは顔を見合わせた。月曜の午後の芝居《しばい》で、アレックを見た時、かぜなんかひいていなかった！

「このサイン帳を、貸《か》していただけませんか？　すぐお返しします。いろいろ、協力《きょうりょく》してくださってありがとう」

「なんの協力だか、さっぱりわけがわからないわ」

「そう、さっぱりわけのわからない事件なんです。でも、おかげでわかりかけてきましたよ」

五人と一匹《いっぴき》は、すぐ次のバスで、ピーターズウッド村に戻《もど》り、ピピン巡査《じゅんさ》に会《あ》いに行った。

「フレデリック君、きみを一時間も探《さが》していたんだ。グーンさんは、とうとう、ズーとボイジーを逮捕《たいほ》したよ。ボイジーの気がへんにならないかと心配《しんぱい》でたまらない。グーンさんは、二人を警《けい》部《ぶ》のところへ引っぱっていった」

ファットは、どすんと腰《こし》をおろした。からだがぶるぶる震《ふる》えていた。

「ピピンさん、ぼくの話を聞いてください。途中《とちゅう》、びっくりしないように、覚悟《かくご》して――」

22 真犯人《しんはんにん》

ファットの話を聞きながら、ピピンさんの目は、いく度《ど》か飛《と》び出《だ》しそうになった。ニセ事件《じけん》のでっちあげから、あやしい人たちのアリバイ調《しら》べ、事件のカギになった着《き》ぐるみのネコから、ふたごのきょうだいが出てくるまで、きり紙パズルのようにいろいろなきれっぱしが、次々《つぎつぎ》に現《あらわ》れて、みごとな解決《かいけつ》にぴったり組み合わさってしまうと、ほっとため息《いき》をついた。

「なんといったらいいか――とにかく、グーンさんがつかまえたのは、犯人じゃない。アレックが真犯人だったのだね」

「じゃあ、アレックをつかまえて、警部《けいぶ》のところへ行ってくださるのですか？」

「いや、きみの話だけで、ぼくが逮捕《たいほ》するわけにはいかない。ただ、参考人《さんこうにん》としてアレックを呼《よ》びだして、警部の前できみたちと対決《たいけつ》させるようにしよう」

アレックは、劇場《げきじょう》でけいこしているところを呼びだされたが、しゃあしゃあとしていた。しかし、警部のところへ行くため、ピピンさんが呼んだタクシーに、五人の子どもとイヌが一匹《いっぴき》、いっしょに乗《の》りこんだのには、めんくらったらしい。だれも説明《せつめい》しなかったし、子どもたちも、ずっとだまっていた。

ピピンさんは、出発前《しゅっぱつまえ》に、警部に電話《でんわ》して、『新《あたら》しい証拠《しょうこ》を持《も》っていくから、グーンさんのほうを少し待《ま》たせてほしい』と頼《たの》んだ。

「それで、五人の子どもたちといっしょにまいりますから」

「えっ、五人のなんだって？」

「子どもです。それに、イヌが一匹です」

「ほう、そりゃおもしろい。『五人と一匹』探偵団《たんていだん》の連中《れんちゅう》が、この事件でも活躍《かつやく》したんだね。それで、どんな謎解《なぞと》きをしたんだね？」

「はっ、とにかく、子どもたちから、話してもらいます。そのう、わたくしは、グーンさんから、今度《こんど》の事件には手をだすな、といわれてますんで、それで――」

「あのフレデリックとやったわけか。よかろう。待ってるよ」

警部は、部屋《へや》にグーンさんを呼んだ。

「ピピン君が、電話で、新しい証拠を手にいれた、といってきたよ」

「ピピンが？　あいつに何ができるんです？　まぬけなので、手をださせなかったのに。そのうえ、生意気《なまいき》で――」

「まあいい。一人、あやしい男を連れ《つ》てくるそうだ」

「あやしい男？　もう犯人はつかまったんですよ！」

しかし、警部は、まるでグーンさんの言葉《ことば》が聞こえなかったようにいった。

「それから、五人の子どもたちも来る」

警部は、おもしろがっているようだった。グーンさんは、いばりくさったうぬぼれやに違《ちが》いないが、子どもみたいなところがあって、警部には憎《にく》めないのだ。

「五人の中には、いままでにもたびたび手柄《てがら》をたてた、フレデリック・トロットビルもいる」

グーンさんが、金魚《きんぎょ》のように口をぱくぱくしたまま、何もいわずに、顔がしだいにむらさき色になっていくので、心臓《しんぞう》まひでも起《お》こすのではないかと、警部は心配《しんぱい》になってきた。

「また、あのガキどもか！　いつも警察《けいさつ》のじゃまばかりしおって！」

「グーン君、まあ、落ち着きたまえ。それに、警察のじゃまじゃない。悪者《わるもの》のじゃまになっただけだよ」

時間《じかん》どおり、アレックを連れて、ピピンさんと五人の子ども、それからバスターが着《つ》いた。まるで、友達《ともだち》に出会ったみたいに、足もとをはね回《まわ》るバスターに、グーンさんの顔はゆでだこのようになった。警部はみんなにあいさつした。

「やあ、諸君《しょくん》、おや、ベッツもか。きみはまだ、探偵団をおはらいばこにならないのかい？」

「おはらいばこだなんて、とんでもない。ベッツがいなかったら、今度の事件が解決できたかどうか、あぶなかったんです」

ファットの言葉に、グーンさんが鼻を鳴《な》らした。警部はふり返った。

「ところでグーン君。きみは犯人をつかまえたんだね。どういう理由《りゆう》でその犯人をあげたんだね？　ピピン君から電話がきたんで、まだ聞いてなかったが——」

「はい。まず、ボイジーの自白《じはく》であります。次に、あの夜、ベランダで発見したハンカチには、Z《ゼット》の頭文字《かしらもじ》があり、ズーの持ちものであります」

「あれは、あたしの古《ふる》いハンカチよ。ズーがそんなきたないハンカチを、持ってるはずがないでしょ。グーンさんは、そんなことに気がつかないの？　あたしが、じょうだんにZ《ゼット》のししゅうをしたのよ！」

デイジイが、いきなりいったので、グーンさんはうなって目をむいた。警部は、グーンさんの報告書《ほうこくしょ》をとりあげて、隣《とな》りの部屋のズーとボイジーを呼ぶように命令《めいれい》した。はいってきたズーは、つかつかと警部の前に行って、その報告書を指でたたいた。

「ぜんぶうそです！　ひとことだって、本当《ほんとう》のことは書いてありません！　あのおまわりさんが、おどしたり、すかしたりして、とうとう自分につごうのいいことをボイジーにいわせたんです。子どものようなボイジーに、あんなことができるものかどうか、まあ、あの人を見てください」

子どもたちは、ネコの皮《かわ》を脱《ぬ》いだボイジーを見るのは、はじめてだった。そして、子どものように小さいボイジーが、震《ふる》える手で、ズーの服《ふく》をしっかりつかんで立っているのを見ると、ベッツの目には涙《なみだ》がにじみ出てきた。

「ズーさん、ここにもう一人、参考人《さんこうにん》がいますが、あなたもご存知《ぞんじ》でしょう」

ジェンクス警部にいわれて、ズーはふり返って、アレックを見た。

「アレック、あなたがやったの？　もし、そうなら、おねがいですから、そうだといって。あなたはこのかわいそうなボイジーが、このまま気がへんになっても、平気《へいき》だというの？　あなたは、いつも支配人を憎んでいたわ。本当に、あなたがやったの？」

アレックはだまっていた。

いよいよ、ピピンさんが話す番《ばん》だった。ピピンさんは、いままでのいきさつを、はっきりと、わかりやすく説明した。てきぱきしたピピンさんの報告ぶりは、いかにも頼もしかった。

アレックは、話が進《すす》むにつれて、落ち着きがなくなり、ピピンさんが証拠《しょうこ》のサイン帳《ちょう》を警部にさしだすと、真《ま》っ青《さお》になった。

「ふむ、たくみな手口だ。じゃ、この男の妹《いもうと》も逮捕しなければならん」

その時《とき》、グーンさんが、息のつまりそうな声で叫《さけ》んだ。

「この男じゃありません！　真犯人は自白しております！」

しかし、グーンさんは、アレックの言葉で、ぺちゃんこになった。

「わたしがやりました。しかし、妹は何も知らないんです。わたしが前に急病《きゅうびょう》で倒《たお》れた時、妹が代役《だいやく》をして、だれにも気づかれなかったことがあるので、今度も電話してかわらせましたが、盗《ぬす》みには関係《かんけい》ないのです」

警部は、報告書をまっぷたつにひきさいて、静《しず》かにいった。

「グーン君、きみのうしろに火がある。くべてくれたまえ」

グーンさんは、だいじな報告書が燃《も》えるのを見守《みまも》った。穴《あな》があったら、はいりたい気持ちだった。

「さてさて、ごくろうさんでした。諸君、ピピン君、おめでとう。きみはよくやった。しかし、手のつけられないファット君、きみのいたずらは、ほめられんぞ。二度とこんなことをしたら、今度は逮捕だよ、お手柄が帳消しになる」

警部は、にこにこと、みんなの顔を見回した。

「ところで、諸君。昼めしは済《す》んだかい？」

まだだった。子どもたちは、急《きゅう》におなかがぺこぺこなのに気がついた。

「よし、ロイヤル・ホテルで、いっしょに食べよう。ズーさんとネコくんもね」

「ありがとうございます」

と、ズーがいった。

「グーン君、アレックを連れていきたまえ」

グーンさんは、空気の抜《ぬ》けた風船《ふうせん》のようにしおれて、いいつけにしたがった。

「それから、ピピン君。きみは署《しょ》の食堂《しょくどう》で、思いきり昼めしをつめこんだら、この事件の報告書を書いてもらおう」

ピピンさんは敬礼《けいれい》して、出ていきしなに、ファットにウインクした。ファットもやりかえした。ピピンさんがはりきるのも無理《むり》はない。このぶんなら、昇進《しょうしん》すること疑《うたが》いなしだ。

ホテルで、雪のように真っ白なナプキンをひろげながら、ベッツがいった。

「今度のことは、むずかしかったけど、ほんとにおもしろかった。だって、ちっともこわくなかったんですもの」

「まあ、とんでもない。わたしたち、二人とも、こんなにこわい思いをしたことありませんでしたわ！」

ズーは、レモネードのコップをとりあげた。

「『五人と一匹』探偵団のために、かんぱい！」

◇第1話おわり◇

第2話
見えない犯人

Mystery of
The Invisible Thief

勝又紀子・松本理子 訳

1　乗馬《じょうば》大会の日

「だれか、ジェンクス警部《けいぶ》を見なかった？　警部さんの親類《しんるい》の、ヒラリーっていう女の子が、レースに出るんで、見にきているんですって」

　あたりがにぎやかなので、デイジイが大きな声でいった。

「まだ見ないよ。こううるさくちゃ、頭にきちゃう。ウマがいるもんで、バスターがこわがって、ほえてばかりいる」

　黒《くろ》いスコッチ犬《けん》の、バスターをなでながら、ファットがいった。あたりはレースに出るウマが、走ったり足踏《あしぶ》みしたりしている。

「あらっ、あそこに警部さんがいるわ！」

　いちばん小さいベッツが、うれしそうに叫《さけ》んだ。ベッツとその兄《にい》さんのピップ、デイジイとその兄さんのラリイ、それに、かしこい少年のファット――この子どもたちは、イヌのバスターもいれて『五人と一匹《いっぴき》』探偵団《たんていだん》をつくっているのだ。

　ファットは、警部さんのところへとんでいった。

「警部さん、ヒラリーさんもいっしょに、お茶《ちゃ》を飲《の》みにきませんか。ぼくたち、ピクニックのしたくをして、見物《けんぶつ》に来たんですよ」

「やあ、ごちそうがあるらしいね。ところで、ファット、きみたち、何か事件《じけん》が見つかったかね？」

「それが、なんにもないんでよわってるんです。夏休みも、もう半分以上もすぎたのに」

「グーン巡査《じゅんさ》もいないから、はりあいがなくてつまらないだろう。グーン君は、いま再教育《さいきょういく》を受《う》けているんだ」

「さいきょういく、いい、いいって、なんですか？」

ベッツが、不思議《ふしぎ》そうに見あげた。

「新《あたら》しい調査法《ちょうさほう》をならったり、昔教《むかしおそ》わったのを思い出したりするための勉強《べんきょう》だよ。グーン君は、かしこくなって来るから用心《ようじん》したまえ」

グーンさんというのは村の巡査で、子ども嫌《ぎら》いのいばりやさんだ。

「グーンさんが留守《るす》のあいだに、事件が起《お》こればいいんだけどなあ。そしたら、ぼくらだけで解《かい》決《けつ》しちゃうんだけど」

ベッツの兄さんがいった。

「やあ、ヒラリーが来たぞ。もう済《す》んだのかい？」

警部は、小ウマに乗《の》っている少女の方へ、にっこりしていった。イヌのバスターは、ウマがこわいので、あとずさりした。

「あら、おじさま、わたし、これからレースに出るのよ。わたしがウマを走らせるところ、見てくださる？」

「もちろん見るとも。ああそうだ。ここにいる五人の友達《ともだち》を、紹介《しょうかい》しよう。この子たちは、わたしを助《たす》けて、むずかしい事件を解決してくれたのだ。いっしょにお茶を飲まないかって、誘《さそ》ってくれたんだが、どうかね？」

「ええ、ありがとう」

ヒラリーは、自分のウマが、近くに立っている老紳士《ろうしんし》の足を踏みそうになるので、たづなを引《ひ》いた。すると、ウマは、今度《こんど》はバスターの近くに来た。

キャン、キャンと、バスターがほえた。ウマは首を振《ふ》った。その拍子《ひょうし》に、警部のヘルメットがはたき落とされた。

「あらごめんなさい。ボニーは、気がたっているの」

「どうもそうらしいな。レースを先に済ませてから、ゆっくりお茶をごちそうになったほうがよさそうだね」

ヒラリーは、乗馬帽子《ぼうし》からはみ出している、ふさふさした毛をゆらして、ボニーに乗ると、行ってしまった。イヌのバスターは、ウマが遠《とお》くに行ったので、ほっとして、ファットのうしろからそっと出てきた。

ヒラリーは、そのレースに負《ま》けてしまった。ボニーが落ち着かなくて、客席《きゃくせき》の方へ歩きだしたりしたからだ。ヒラリーは、がっかりした顔つきで、ボニーを引っぱってお茶を飲みにやって来た。

ウーッ。

バスターが、またうなった。

(あのいやな、大きなやつが来たな。どうも気にいらない——)

バスターは、そう思っているらしい。ウマが鼻づらをバスターの方へ向《む》けたので、バスターは、近所《きんじょ》のテントのかげに逃《に》げこんだ。

ヒラリーは、はずかしがりやで、ボニーのたづなを押《お》さえてだまっていた。一方、ボニーは、サンドイッチのかごの方へ、しきりに首を伸《の》ばしていた。

「ヒラリー、このケーキはどう? ほしぶどうがはいっていて、おいしいわ」

子どもたちは、ヒラリーに、サンドイッチやケーキをすすめた。

「いまは、ちょうど何も事件がないんだよ。泥棒《どろぼう》もいないし、押し売りもないし、おだやかだね」

警部は、食べかけのサンドイッチを振り回《まわ》して、にこにことしゃべった。そのとたん、ボニーが、パクッとそのサンドイッチを食べた。

「アハハハハ」

みんなは、警部のびっくりした顔を見て、大笑《おおわら》いした。

「泥棒は、やっぱりいたわね」

デイジイが、笑いながら、楽しそうにいった。

ところが、この楽しいピクニックのあいだに、事件が起こっていたのだ。その時《とき》、ピップは、巡査のトンクスさんが立っている赤十字《せきじゅうじ》のテントのあたりを見ていた。トンクス巡査は、だれか、日射病《にっしゃびょう》で倒《たお》れた人の世話《せわ》をしていた。そこへ、庭師《にわし》のような人が、急《いそ》いでやって来た。その男は、トンクス巡査に何か話をしていた。

巡査は、手帳《てちょう》を出して書きつけた。

それからトンクス巡査は、こちらへ歩いてきて、ジェンクス警部にいった。

「警部どの、おじゃまいたします。ただいまピーターズウッド村で、泥棒がはいったという知らせがありました。わたしは、すぐに行って調査いたします」

「よし、わたしもいっしょに行こう」

警部は、さっと立ちあがった。子どもたちは、がっかりした顔をした。

「すまないが、仕事《しごと》だからね。おいしいサンドイッチをありがとう」

ファットは、トンクス巡査にきいた。

「事件はどこで起こったんですか？」

「丘《おか》の上のノートン屋敷《やしき》だ」

「そうですか。ジェンクス警部、ぼく、いっしょに行ってはいけませんか？　少しは、役《やく》にたつかもしれませんよ」

「残念《ざんねん》だがね、ファット。いまはだめだ。きみが解決するような、むずかしい事件じゃないだろう。ただの泥棒さ。もし、そうでなかったら……。まあ、きみたちが活躍《かつやく》することになるよ」

警部はトンクス巡査といっしょに、行ってしまった。ファットはがっかりして、二人のあとを見送った。

「気にしないで、ファット。いまのはきっと、くだらない泥棒事件だわ。もっとほかに、むずかしい事件がきっとあるわ」

やさしいベッツがなぐさめた。その時、思いがけないことが起こった。ヒラリーがわっと泣《な》きだしたのだ。

「まあ、どうしたの？　気分が悪《わる》いの？」

デイジイが、びっくりしてたずねた。

「いいえ、でも、泥棒がはいったのは、わたしの家なの！　わたしは、ノートン屋敷に住んでいるの。ジェンクスおじさんは、きっとそのことに気がつかないで、行ってしまったんだわ」

ファットは、泣いているヒラリーの肩《かた》にやさしく手をかけた。

「さあ、心配《しんぱい》しないで。ぼくが、きみの家までおくっていくよ。回りに泥棒《どろぼう》が隠《かく》れていないか、調《しら》べてあげるよ」

「ありがとう。わたしは、一人で帰《かえ》るのがこわかったの」

2 ファット、チャンスをつかむ

みんなは、感心《かんしん》してファットの顔を見た。

(うまいなあ、ファット。泥棒《どろぼう》のはいった家を、ちゃんと見にいくんだから。ヒラリーをおくっていくといえば、だれも反対《はんたい》はできないし――)

「ファット、わたしは、すぐ家へ帰《かえ》るわけにはいかないの。もう一度《いちど》レースに出なくちゃ。でも、待《ま》っててくださるわね。両親《りょうしん》が留守《るす》で、家には、家政婦《かせいふ》のジニイしかいないんですもの。心《こころ》細《ぼそ》いわ」

ヒラリーが、鼻声《はなごえ》でいった。

(しめしめ、両親が留守なら、ますます調査《ちょうさ》しやすいぞ)

ファットは、ごきげんになってヒラリーの肩《かた》をたたいた。

「だいじょうぶ。ちゃんと待ってて、あなたの家までおくってあげますよ。あなたの優勝《ゆうしょう》カップがなくなっていないかどうか、調《しら》べてあげますよ」

ベッツは、ファットがあまりヒラリーに親切《しんせつ》なので、やきもちをやきだした。

「あたしもいっしょに行くわ、ファット」

ファットは、ベッツが来れば、ヒラリーと二人で話しているあいだに調査ができる、と思った。

「いいよ、ベッツ。ヒラリーの話し相手《あいて》になるからね」

その時《とき》、大きな声が、スピーカーから流れた。

「二二番《ばん》！　出場用意《しゅつじようようい》してください！」

「あ、わたしの番だわ。出てくるわ」

ヒラリーは、帽子《ぼうし》をかぶり直《なお》して、上着《うわぎ》についているサンドイッチのパンくずをはらった。

ヒヒーン。

ウマのボニーがいなないた。

「ピップとラリイ、それからデイジイも、ごめんね。これからヒラリーについていくからね。あとでくわしく様子《ようす》を話すよ」

ファットは、ベッツといっしょに、ヒラリーがボニーに乗《の》っていった方へついていった。

今度《こんど》は、思いがけなく、ヒラリーは優勝して、小さな銀のカップをもらった。ヒラリーはニコニコして、ボニーに乗ったまま家へ向《む》かった。ファットとベッツは、バスターを連《つ》れてあとから歩いていった。

ノートン屋敷《やしき》につくと、警部《けいぶ》の車が、まだ玄関《げんかん》の外《そと》に置《お》いてあった。

（よわったな）

と、ファットは思ったが、さいわい、ヒラリーはウマをうまやにいれるため、裏庭《うらにわ》の方へ回《まわ》っていった。

「ねえ、ヒラリー、ウマにブラシをかけるんだったら、ぼくがしてあげるよ。きみは疲《つか》れただろう」

「まあ、ファットは親切なのね。どうもありがとう」

ヒラリーは、感心してしまった。ファットがなるべく長いあいだうまやに隠《かく》れていて、警部に見つからないように、と思っているとは、気づかなかった。ファットは、ヒラリーがびっくりするほどていねいに、ウマにブラシをかけると、ベッツにささやいた。

「警部さんたちが行ってしまったかどうか、見てきてくれよ」

ベッツは、そっと出ていくと、まもなく帰ってきて、うなずいて見せた。

「さあ、家へ行って、何が起《お》こったのか調べましょう。家政婦さんにきけば、話してくれるでしょうね。それから、ベッツが、あなたのとって来た優勝カップを見たがっているんですよ」

「ファットにも、わたしの優勝カップを見ていただきたいわ」

ヒラリーは、熱心《ねっしん》にいった。

「ええ、まあ」

ファットはあいまいに答《こた》えた。

「さあ、こちらよ」

ヒラリーが、先にたって庭を横切《よこぎ》ると、家にはいっていった。ノートン屋敷は、立派《りっぱ》な四角《しかく》い家で、窓《まど》がたくさんあり、まわりには木がはえていて、外からは窓が見えなかった。

「キャー、だれか来た！」

裏口のところにいた女の人が叫《さけ》んだ。

「まあ、ヒラリーおじょう様《さま》ですか。わたしはビクビクしているんで、本当《ほんとう》にすみません」

ファットは、その女の人を見た。それは家政婦のジニイだった。太《ふと》った小柄《こがら》な女の人で、人のよさそうな目をしていた。

「ジニイ、泥棒のこと、聞いたわ。このかたはファット。こちらはベッツで、二人ともジェンクス警部のお知《し》り合《あ》いなのよ」

「まあ、そうですか。ジェンクス警部さんは、本当に立派なかたですね。親切で、がまん強くて、なんでもくわしく調べるんですよ。それに、わたしに質問《しつもん》した時も、ていねいでね」

「ジニイさん、泥棒がはいった時は、びっくりしたでしょうね」

ファットが、とっておきのていねいな声でいった。

「ぼくは、ヒラリーさんがお気《き》の毒《どく》だったので、ここまでおおくりして来たのですよ」

「坊《ぼっ》ちゃんは、きっといまにいい紳士《しんし》におなりですよ。まったくあんなことがあると、こわくなっちまいますからね」

「泥棒は、同じ家に、二度は来ないっていいますから、だいじょうぶですよ。もし、疲れてなかったら、ぼくに泥棒が来た時の様子を話してくれませんか？」

ジニイは、すぐに話しはじめた。

「わたしは、ここにすわってたんですよ。少し、ウトウトして、ひざに編《あ》み物《もの》を置いていたんです。だいたい、四時頃《ごろ》でした。（さあ、やかんを火にかけなくちゃ）と、思っていた時、音がしました」

「まあ、こわい！」

と、ヒラリーが青ざめていった。ファットが落ち着いてきいた。

「どんな音でしたか？」

「どさっというような音でした。庭のどこかで、その音がしました。だれかが窓から、何か投《な》げおろしたような音でした。それから、二階のどこかで、しゃがれたせきをする声がしました。『**だれかが、二階にいる!**』と、わたしは立ちあがって叫びました。『**二階にいる人! 警察《けいさつ》を呼《よ》ぶよ**』ってね」

ジニイは、そこで話をやめると、みんなの顔を見回した。そして、みんなが熱心に聞いているので、満足《まんぞく》した。

「ずいぶん、勇敢《ゆうかん》でしたね。それからどうしました?」

ファットが、目を輝《かがや》かせてきいた。

「その時急《きゅう》に、外にはしごが置いてあるのに気がつきました。植木屋《うえきや》のはしごのようでした。奥《おく》様《さま》の寝室《しんしつ》の真下《ました》の壁《かべ》に、たてかけてありました。(よし、泥棒があのはしごをおりて来るところを見てやるぞ)と、わたしは思いました」

「うまいぞ。それで、どんな泥棒がおりて来たんですか?」

ファットが、待ちきれないようにたずねた。

「それが、とうとう最後《さいご》まで、泥棒はおりて来なかったんです」

ジニイが、とほうにくれたような顔をしていった。みんなは、ちょっとのあいだ、だまっていた。

「それじゃ、どこから泥棒は逃《に》げたんですか？　何か、音がしましたか？」

「それが、コトリとも音がしなくなったんです。わたしはホールに立っていましたから、階段《かいだん》をおりてくる人は、見えるはずです。わたしはブルブル震《ふる》えながら、やっと決心《けっしん》して警察に電話《でんわ》しました。わたしが電話をし終えた時に、パン屋がやって来ました。『ちょっと、パン屋さん！　泥棒が二階に！』――パン屋さんは小男なのに勇敢ですよ。どんどん二階へあがって行きました。わたしもパン屋さんといっしょに、二階の部屋《へや》をひとつ残《のこ》らず調べました。でも、だれもいなかったんですよ」

「きっと、ほかの窓から逃げたんだな」

しばらく考えてから、ファットがいった。

「いいえ、そんなことはありません。寝室のほかの窓は、みな閉《し》めてあったから、開《あ》ければ音はするし、下まで飛《と》びおりなければ、伝《つた》っておりるような手がかりもないんですよ」

「それじゃあ、まだ中にいるかな」

ファットがいったので、ヒラリーは悲鳴《ひめい》をあげた。

「そんなことはありませんよ。ジェンクス警部さんが、壁の割《わ》れ目《め》から、床《ゆか》の穴《あな》まで、くわしくお調べになりましたからね。笑《わら》いなさるでしょうけど、わたしはあの泥棒が、透明人間《とうめいにんげん》じゃないかと思ってるんですよ」

3　たくさんの『カギ』

「さあ、二階に行って、わたしの優勝《ゆうしょう》カップを見てね。優勝カップは、盗《ぬす》まれなかったんでしょうね」

ヒラリーは、ファットの質問《しつもん》がなかなか終《お》わらないので、飽《あ》き飽きしていった。

「盗まれませんとも、おじょう様《さま》がだいじにしてなさるから、すぐ見ましたよ。だいじょうぶでした。盗まれたのは、奥様《おくさま》の銀の時計《とけい》と宝石《ほうせき》と、ご主人《しゅじん》様のたばこいれです。みんな寝室《しんしつ》にあったものですわ」

「ベッツ、こちらよ。行きましょう」

ヒラリーが、先にたって階段《かいだん》をあがった。

「いいかい、ベッツ。優勝カップが、おもしろくてたまらないふりをするんだよ。そうしたら、そのあいだにぼくは、こっそり抜《ぬ》け出《だ》して調査《ちょうさ》するからね」

ファットがささやくと、ベッツはうなずいた。ヒラリーは、二人を自分の部屋《へや》に連《つ》れていった。

「まあ、なんてたくさん、優勝カップがあるんでしょう。これはいつのレースの時《とき》なの？　ここになんて書いてあるの？」

ベッツは、たて続《つづ》けにきいた。ヒラリーは、喜《よろこ》んで説明《せつめい》しはじめた。ファットは、そのあいだにこっそり抜け出した。そして、並《なら》んでいる寝室を、ひとつ残《のこ》らず調《しら》べた。

（やっぱり、ジニイのいったとおりだ。窓《まど》はみんな閉《し》まっている。開《あ》いているのはヒラリーの両《りょう》親《しん》の寝室だけだ。あっ、これがそのはしごだな。泥《どろ》棒《ぼう》は、はしごを使《つか》わずに、ジニイにも見つからずに、どうやっておりたんだろう）

ファットは、泥棒がおりられそうな、バルコニーや窓が、どこかにないかと探《さが》した。しかし、どこにもなかった。泥棒のはいった寝室の、窓際《まどぎわ》の壁《かべ》には、大きなきたない手のあとがあった。

（泥棒は、手袋《てぶくろ》をはめていたんだな。ずいぶんきたない手袋だな。こんなに手のあとを残すようじゃ、まだしんまいだな）

ファットは、巻尺《まきじゃく》を取り出して、手の大きさをはかった。

（ずいぶん、手の大きなやつだな。や、ここにも手袋のあとがあるぞ）

ピカピカにみがいた、化粧台《けしょうだい》の上にも、大きな手袋のあとがあった。

（こんなに、手の大きなやつなら、探しやすいぞ。やつは、はしごから、この開《あ》いていた窓へはいって、盗んだ品を庭《にわ》へ投《な》げおろしたんだな。はしごからおりようとしたら、ジニイが叫《さけ》んだんで、おりるのをやめたんだ。でも、そうするとどこから出たんだろう？）

ファットは考えこんだ。屋根《やね》の裏《うら》の物置《ものおき》には、小さい窓があって、雨《あま》どいが地面《じめん》までおりていたが、そんな小さな窓からは、ファットより小さな男でなくては出られない。それに、窓はきちんと閉まって、内側《うちがわ》のかけがねがかかっていた。ファットは下へおりて来た。

「だれです！」

まだビクビクしているとみえて、ジニイが叫んだ。

「ぼくですよ。おどかしてすみません。いったい、泥棒はどこから外《そと》へ出たんだろう、って考えていたものだから」

「ジェンクス警部《けいぶ》さんも、それを不思議《ふしぎ》に思っていなさいましたよ。大男らしいんですね。庭の花だんに残っている足あとの大きなことったら！」

「よかったら、ぼくにもその足あとを見せてくれませんか？」

「ええ、いいですとも」

ジニイは、すっかり気にいったファットを連れて、庭の花だんへ行った。花だんには、たくさんの足あとがついていた。手袋に負《ま》けないほど、大きな足あとだ。

「二七センチから二九センチくらいの大きさだな。ええと、巻尺はと……」

ファットは、足あとをはかり、くつのゴム底《ぞこ》の模様《もよう》を、手帳《てちょう》に写した。次にファットは、犯人《はんにん》が盗んだものを投げおろしたところへ行った。地面には、奇妙《きみょう》なあとがついていた。大きな丸《まる》いあとで、その中に、十文字《じゅうもんじ》の印《しるし》がついていた。

「ジニイさん、これなんのあとでしょうね？」

「ああ、警部《けいぶ》さんも、それをおききになりましたけれどね。わからないんですよ。タライほども大きくて、こんなへんな模様のついたもの、ありませんね」

ファットは、丸の大きさをはかり、十文字のかたちを手帳に写した。

（これで、みんな調べたわけだな。こんなに大男の泥棒なら、すぐ警察《けいさつ》につかまるな）

ファットは、少しがっかりして、ヒラリーの部屋に行った。ベッツは、ほっとしたようにファットを見て、にっこりした。

「あら、ファット、もう帰《かえ》る時間《じかん》なの？　ヒラリーは、優勝カップをたくさん見せてくれたのよ」

「ファット、あなたにもお話ししましょうか？」

ヒラリーは、うれしそうにいった。

「ぼくも、時々ここに来て話を聞いたんですよ、ヒラリー。とにかくすごいな。こんなにたくさんカップをもらって」

「あのね、このカップは……」

ヒラリーがいいかけた時、ファットは時計を見て、とんきょうな声をあげた。

「ワァー、大変《たいへん》だ。すぐ帰らなくちゃ。この次《つぎ》に、優勝カップの話、聞かせてね」

ヒラリーは、がっかりした。

「ヒラリー、あなたのお話、とてもおもしろかったわ。本当《ほんとう》にありがとう」

ベッツは、やさしくいった。ファットは、ヒラリーの肩《かた》をポンとたたいて、

「本当に、きみに会《あ》えて、楽しかったよ」

と、いった。ヒラリーはにっこりした。

4 トンクスさんの話

ファットは、次《つぎ》の朝、トンクス巡査《じゅんさ》のところへ、自転車《じてんしゃ》で行った。

「やあ、ジェンクス警部《けいぶ》の友達《ともだち》の坊《ぼっ》ちゃんですね。きのう、警部から、きみたちが解決《かいけつ》した事件《じけん》のことを聞きましたよ。さあ、おはいりなさい」

「おいそがしいところをすみませんけど、実《じつ》はぼく、きのうヒラリーさんを家におくって行ったんです。ヒラリーさんて、警部さんの親類《しんるい》で、ノートン屋敷《やしき》に住んでいるんです」

「ああ、それでわかった。あの時《とき》警部さんは、急《きゅう》にたちどまって、『やあ、しまった！　ノートン屋敷は、ヒラリーのところだ！』と、いわれましたよ。その時は、なんのことかと思いました

が――」

「ぼくは、ヒラリーさんをおくって、ノートン屋敷に行ったので、少し調査《ちょうさ》したんです。そのことが、お役《やく》にたつかと思って」

「さあ、どうかな、ジェンクス警部が、見逃《みのが》すことはないからね」

「トンクスさんは、何か見つけましたか？」

「手袋《てぶくろ》のあとだけだよ。大男らしいのに、近所《きんじょ》の人はだれも見ていないんだから、実にへんだよ」

「パン屋が、パンを届《とど》けに来た時、途中《とちゅう》で泥棒《どろぼう》に会《あ》わなかったのが、残念《ざんねん》ですね」

「そうだね。でもジニイの話では、パン屋は小さな男なのに、勇気《ゆうき》があったそうだよ。大男の泥棒が、そのまま二階にいたら、きっとやられちゃっただろうに」

「あの日の午後、ノートン屋敷には、ほかにだれが来たんですか？」

「郵便屋《ゆうびんや》と、選挙《せんきょ》の紙をくばりに来た女の人と、材木《ざいもく》を売る男が来たそうだ。しかし、みんなにきいたが、何も気がつかなかったそうだよ。みんな、泥棒よりだいぶ前に来ているんだから」

ファットは、考えこんだ。

（これは、奇妙《きみょう》な泥棒だ。大男で、不器用《ぶきよう》で、すぐ見つかりそうなのに、見た人が一人もいないのだ！）

「そのほかに、何か、事件の解決のカギになるようなものがありませんでしたか？　ぼくは秘密《ひみつ》を守《まも》ります。しゃべってもだいじょうぶですよ」

「うん、知っているよ。警部が、ファットは助《たす》けになる、っていってたからね」

トンクス巡査は、二枚のきたない紙きれを出して、ファットに渡《わた》した。一枚には、

『フリントン　2』

もう一枚には、

『ロッズ　1』

と、書いてあった。

「これは、なんのことですか？」

「わたしにもわからないよ。まるで住所みたいだがね。盗《ぬす》んだ品を、投《な》げおとしたところの近くの茂《しげ》みに、この紙が落ちていたんだ」

「おかしいですね。本当に、この事件と関係《かんけい》がある紙かな」

「わたしも、そう思ったんだけど、とにかく、だいじにしまっておいたほうがいいだろうよ」

トンクスさんから聞きだすことは、もうこれぐらいだと思ったので、ファットは立ちあがっていった。

「では、どうもいろいろ教《おし》えていただいて、ありがとう。うまく泥棒がつかまるように、いのっ

てますよ。ぼくだったら、二九センチのくつをはく男を探《さが》しますけど」

　トンクス巡査は、ニヤリとした。

「グーンさんが、喜《よろ》んでそうするでしょうよ。帰《かえ》ってきて、はじめての仕事《しごと》だからね」

「グーンさんが、帰ってくるんですって！　いつですか？」

「おや、うれしそうですね。きみたちとは、仲《なか》が悪《わる》いって聞いていたけど。今日《きょう》の午後、帰ってくるんだよ」

　ファットは、時計《とけい》をチラリと見た。

（もう、みんながぼくを待《ま》ってるだろう。行かなくちゃ。グーンさんが帰ってくるのか。おもしろいぞ！）

　ファットは、トンクス巡査と握手《あくしゅ》して別《わか》れた。イヌのバスターは、ファットが出てくると、喜んでじゃれついた。

「どいとれ、どいとれ！　おまえの嫌《きら》いな『どいとれ』さんが、帰ってくるぞ！」

　ファットがふざけていった。グーンさんは、子どもとイヌが嫌いで、すぐ、『どいとれ！』と、どなるのだ。それで子どもたちからは、『どいとれ』さん、と呼《よ》ばれている。

『五人と一匹《いっぴき》』探偵団《たんていだん》のみんなは、ファットが来るのを、ピップの家の庭《にわ》で待っていた。日が照《て》って暑《あつ》くなってきたので、みんなは木《こ》かげにすわって、氷《こおり》をいれたレモネードを飲《の》んでいた。

「やあ、ファットが来たぞ！」

ピップが、自転車のベルの音を聞きつけて、立ちあがった。

「グーンさんが帰ってくるぞ！　今日の午後だ」

ファットがいきなりいうと、ラリイが答《こた》えた。

「おもしろいぞ！　また、グーンさんとぼくたちの競争《きょうそう》だ。それで、ファット、トンクス巡査から、何か聞きだせたかい？」

「あまり新《あたら》しいことはないんだよ。きのうぼくがノートン屋敷で見たことは、ベッツから聞いたかい？」

しかしベッツは、ファットから話してもらおうと思って、まだ話さずにいた。そこでファットは、足あとや二階の窓《まど》のこと、はしごのことなど、くわしく話した。

「もし、泥棒が、屋根裏《やねうら》の小さな窓から外《そと》へ出たとしてもだね、外の雨どいにつかまったまま、窓を閉《し》めて、内側《うちがわ》のとめがねをかけるなんてことは、絶対《ぜったい》にできないよ。ジニイのいうとおり、泥棒は透明人間《とうめいにんげん》なんだよ」

ピップが、いたずらっぽく、目をクルクルさせていった。

「もし透明人間なら、また泥棒をやるぜ。だれにも見つかりっこないからな」

ラリイがいった。ファットは、みんなに、手帳《てちょう》に写《うつ》したくつ底《ぞこ》の模様《もよう》や、紙きれに書いてあった住所のような言葉《ことば》を見せた。

「フリントン2、ロッズ1、って書いてあったんだ。いったいこれ、なんだと思うかい？」

「フリントン？ どこかで、聞いたみたいな名前だわ。フリントン、フリントン。このあいだ聞いたばかりのような気がするわ」

ベッツの兄さんのピップは、肩《かた》をすくめた。

「ばかだな。それは、フリントン市からきた、絵はがきのことじゃないか」

「そうじゃないの。いま、思い出しかかっているの。そうだ！ 川の近くの場所《ばしょ》で、ここからあまり遠《とお》くなくて、旅館《りょかん》があるでしょ。ああそうだわ。フリントン荘《そう》よ」

「えらいぞ、ベッツ。何か役にたつかもしれないぞ。もし大男で、フリントン荘のあたりをうろうろしているのがいたら、ぼくらで見張《みは》るんだ」

ファットが、感心《かんしん》していった。

「ロッズの1、というのは、なんだろう？」

ラリイが、考えながらいった。だれも知っている者《もの》はなかった。

「ロッズという名の家がないか、片はしから探してみるんだよ。それにしても、ロッズなんて、へんな名だなあ――さあ、これから『五人と一匹』探偵団の活躍《かつやく》がはじまるんだ。みんながんばれ！」

団長《だんちょう》のファットが、みんなをはげました。バスターがしっぽを振《ふ》って、うれしそうにほえた。

5 第二の事件《じけん》

グーンさんは、再教育《さいきょういく》を終《お》えて、元気いっぱいで帰《かえ》って来た。ファットに負《ま》けないように、変《へん》装《そう》のしかたもならって来た。

「やあ、グーンさん、お帰りなさい。待《ま》ってましたよ。へんな事件があるんです」

トンクス巡査《じゅんさ》が、くわしく話した。

「泥棒《どろぼう》事件か。まだ犯人《はんにん》が見つからんのか。よしよし、わしがやればすぐじゃ。何？　あのファットが、もうこの事件を知《し》っとるのか。なんたるおせっかいな小僧《こぞう》だ」

「わたしが、ジェンクス警部《けいぶ》に事件の報告《ほうこく》をした時《とき》、そこにいたんだから、知ってても、しかたありませんよ」

「いいかい、トンクス、たとえ、真夜中《まよなか》に、王冠《おうかん》から宝石《ほうせき》が盗《ぬす》まれても、ファットのやつなら嗅《か》ぎつけるだろう。あいつはそういうやつなんだ」

「ずいぶん大げさですな。それでは、わたしはもう行きますから、よろしくおねがいします。あの住所みたいなのを書いた紙きれは、確《たし》かにお渡《わた》ししましたね」

「うん、これを使《つか》って、すぐ調査《ちょうさ》をはじめる。この場所《ばしょ》を見張《みは》れば、何か出てくるじゃろ」

グーンさんがあまりいばるので、トンクス巡査は、あきれながら『さようなら』といって出て行った。そのあと、グーンさんが書類《しょるい》を調《しら》べていると電話《でんわ》が鳴《な》った。

「はい。こちらグーン」

「おまわりさんですか？　泥棒ですよ、泥棒！　すぐ来てくださいよ」

女の人が、興奮《こうふん》した声でたて続《つづ》けにしゃべった。

「よろしい。すぐ行きます。何も動かさずに、そのままにしておいてください」

グーンさんは、聞き終わるとヘルメットをかぶって自転車《じてんしゃ》を出した。

(今度《こんど》こそ、あのじゃまな子どもたちも、まだ知らないだろう)

グーンさんは、はりきって、汗《あせ》をたらしながら自転車を走らせた。村を通《とお》り抜《ぬ》け、やっとその家に着《つ》いた。ベルを押《お》すと、ドアを開《あ》けたのはファットだった！

「こんにちは、グーンさん。お待ちしていました。どうぞ」

ファットは、グーンさんをイライラさせるほどていねいにいった。

「…………」

グーンさんは口をパクパクさせたが、何もいえずにしかめっつらをした。

「さあ、どうぞおはいりください」

ファットが、ニヤニヤしていった。グーンさんはやっと声がでた。

「いったい、おまえは、ここで何をしとるんだ。わしをからかっとるんか？　何もないのに、つくり声でだましたんだな。よし、報告してやるぞ。この悪《あく》たれ小僧め！」

ウー、ワンワン！

その時バスターが、グーンさんの声を聞きつけて走って来た。グーンさんはあわてて自転車に乗《の》ると、行ってしまった。

「グーンさん、いったいどうしたんだろう。まさか、本気《ほんき》でぼくのいたずらだと思ったわけじゃないだろうな。ラリイ、ちょっとごらんよ。グーンさん、行っちまったぜ」

ラリイとデイジイは、窓《まど》からのぞいた。グーンさんは、向こうへどんどん行ってしまった。

「ルーシイさんは、さっき電話で泥棒のことを、ちゃんといったのにな。いったいどうしたんだろう」

「警察《けいさつ》が来たんですか？　こちらへはいるように、いってくださいよ」

奥《おく》の方《ほう》から、ルーシイさんの声がした。

「グーンさんが来たんですよ。でも、すぐに帰ってしまったんです。どうしたのでしょうね」

「まあそうですか。でも、あなたやラリイたちがいるので、わたしは助《たす》かりますよ。一人では、とてもこわくて――」

まったくそれは、突然《とつぜん》のできごとだった。ファットは、ラリイとデイジイきょうだいの家へ遊《あそ》びにきていた。ピップとベッツは、お母《かあ》さんに連《つ》れられてどこかへ出かけていた。三人がおやつを食べている時に、いきなり隣《とな》りの家から、

「助けて！　泥棒！」

という女の人の声がした。

「あっ、お隣りのウィリアムさんの家だ！」

ラリイが、すばやく立ちあがりながらいった。

「どうしたのかしら？」

デイジイが、こわそうにいった。

「泥棒がはいったんだよ。さあ、早く行こう！」

ファットが先にたって、垣根《かきね》を乗りこえると、隣りの庭《にわ》にはいった。

「早く来てちょうだい！　わたしはもうこわくて！」

隣りのおばあさんが、窓からどなった。三人は台所からかけこんだ。中にはだれもいなくて、食料品《しょくりようひん》と四本のパンが置《お》いてあった。小包《こづつみ》がドアの下にあった。ファットのすばやい目は、台所《だいどころ》をかけぬけながら、だいじな点をしっかりと見ていた。

（台所のドアは開《あ》いていた。泥棒はここからはいったな）

隣りのウィリアム夫人は、青い顔をして、ソファにすわっていた。おとなしいしらがのおばあさんで、とてもこわそうにしていた。

「どうしたんですか？」

と、ファットがたずねた。

「わたしは、ここでお昼寝《ひるね》をしていたんですよ。そしたら、ふいに二階《にかい》で重《おも》いくつの足音が聞こえたんです。それから、しゃがれたせきの声がしました。それでわたしは、起きあがって、隣りの部屋《へや》まで行ってみました。そしたら、だれかが、突然私をうしろからつかまえて、そこの押し入れの中に押しこんで、カギをかけたんですよ」

ちょうどその時、表《おもて》の戸を開けるカギの音がして、だれかがはいって来た。

「だれだろう？」

ファットが、さっと身がまえた。

「ああ、あれは、わたしといっしょに住んでいる、ルーシイさんですよ」

と、ウィリアムさんがほっとしていった。

「まあ、帰ってきてくれて、うれしいわ、ルーシイ。ここへ来てちょうだい。おそろしいことが起こったのよ」

ルーシイさんは、小鳥のように小柄《こがら》で、ヒヨコヒヨコした歩き方をする女の人だった。

「まあ、どうなさったの？　青い顔をして」

ウィリアム夫人は、子どもたちに話したのと同じことを、また話した。

「それで、わたしが押し入れにいれられると、二階《にかい》を歩いている泥棒《どろぼう》の足音が聞こえました。重いくつでね。ぶきっちょな人らしく、けつまずく音もしました」

「それで、どうやって出られたんですか？」

ファットが、ていねいにきいた。

「泥棒が下へおりてくる足音を聞いて、わたしは気が遠《とお》くなってしまったんですよ。気がついてみたら、もう音がしないので、手で押したら開《あ》いたのです。泥棒がカギをはずして帰ったんでしょうね」

「なるほど。ルーシイさん、警察《けいさつ》に電話をかけてください」

ファットは、その時、落ち着いてそういったのだ。

6　グーンさん、働《はたら》く

そこでルーシイさんが警察《けいさつ》に電話《でんわ》をかけた。それから、みんなはグーンさんがやって来るのを待《ま》った。そのあいだに、ファットは二階《にかい》へあがった。

(あっ、また壁《かべ》に手袋《てぶくろ》のあとがあるぞ)

ファットは、手帳《てちょう》に書いておいた、ノートン屋敷《やしき》の手袋のあとと、くらべてみた。

(ぴったり、同じだ! 外《そと》に足あとがないかどうか、調《しら》べてみよう)

そう思ったファットが、階段《かいだん》をおりて来た時《とき》、グーンさんがやって来たというわけだった。ファットを見て驚《おどろ》いたグーンさんは、あわてて帰《かえ》っていったので、今度《こんど》はファットが驚いた。

「ラリイ、グーンさんが戻《もど》ってこないうちに、庭《にわ》を調べよう。天気がいいから、足あとはないかもしれないけどね」

ファットたちは、花だんの方へ歩いて行った。

「あっ、やっぱり、大きな足あとだ!」

花だんの足あとは、ノートン屋敷のと同じように見えたが、土がかわいているので、ゴム底《ぞこ》の模様《もよう》ははっきりしなかった。

(泥棒《どろぼう》は、ここに来て、この窓《まど》から居間《いま》をのぞいたんだな。それで、ウィリアム夫人がグーグー寝《ね》ているのがわかったんだな。やあ、こんなところにも足あとがあるぞ。どうしてここまで歩いたんだろう?)

ファットは、下を見ながら考えていた。

(手袋。せき。足あと。みんな、ノートン屋敷の時と同じだ。それじゃ、へんな丸《まる》いあとはあるだろうか？）

探《さが》しながら歩いていくと、台所《だいどころ》のドアの横《よこ》のほこりのたまったところに、十字《じゅうじ》の模様のついた、丸いあとがあった。

「ラリイ、紙きれは落ちていないかい？」

二人で探したが、紙きれはなかった。家の中にはいっていくと、ルーシイさんがいった。

「グーンさんが電話をかけてきて、『おたくに、本当《ほんとう》に泥棒がはいりましたか』ってきくんですよ。へんですね。きくなら、さっき来た時にきけばいいじゃありませんか――」

ファットはニヤリとしていった。

「グーンさんは、いたずらだと思ったのかもしれませんよ。もしやって来たら、事件《じけん》はファットが引《ひ》き受《う》けたからって、いってください」

ルーシイさんは、頭がゴチャゴチャになったような気がした。泥棒が来て、おまわりさんは来ても帰ってしまい、子どもたちが巡査《じゅんさ》のようなことをいっている！

「ルーシイさん、この食料品の包《つつ》みは、だれが持《も》ってきたんですか？」

「食料品屋の女の人ですよ。ウィリアムさんはお昼寝《ひるね》をするから、ベルで目をさまさないように、台所の戸のカギを開《あ》けたまま、わたしは出かけるのですよ。パン屋と郵便屋《ゆうびんや》も来て、だまって置《お》いてったのでしょう。パンと小包《こづつみ》があるから」

その時、グーンさんが、照《て》れくさそうな顔でまたやって来た。

「ええ、さっきはですな。急用《きゅうよう》ができたんで……。だいぶ、お待ちになっとったんでしょうね。ところで、あの太《ふと》った男の子は、もう帰りましたか？」

「トロットビルの坊《ぼっ》ちゃんのことをいってるんでしたらね、ここで、いま事件を調べていますよ。『ファットが引き受けたから』って、いってますよ。きっと、なくなった宝石《ほうせき》を見つけてくれるでしょうよ」

グーンさんの顔は、奇妙《きみょう》なむらさき色になった。ルーシイさんは、それを見て驚いた。

（まあ、こんなへんなおまわりさんに、家の中を調べてもらいたくないわ）

ルーシイさんは、ドアを閉《し》めようとした。が、グーンさんは、ドアのすきまに大きな足をつっこんだ。

「まあ！」

ルーシイさんが青くなったので、グーン巡査は足を引っこめた。そのあいだに、ルーシイさんは、ピシャリと戸を閉めてしまった。グーンさんは怒《おこ》って、ドシンドシンと土を踏《ふ》みつけて、台所口の方へまわっていった。すると、そこにはファットがしゃがんで、何か調べていた。

「こらあ！　どいとれ！　どこへ行っても出てくるやつじゃ。さっきは玄関《げんかん》にいたかと思えば、今度は裏口《うらぐち》にいる！　おまえとは何も関係《かんけい》がない事件だぞ！　どいとれ！」

「ところが、関係があるんですよ、グーンさん。ウィリアムさんに、来てくださいって、頼《たの》まれたんですから。もうだいぶ調査しましたよ」

ラリイと、デイジイが、グーンさんの声を聞いて台所から出てきた。

「おまえらもいるのか？　さあみんなどいとれ！　そのイヌもだ！」

バスターは、グーンさんの足をねらって走って来た。グーンさんは、あわてて台所にはいると、バスターの来る前に戸を閉めた。

ワン、ワン！

バスターは、ほえて戸をひっかいた。

「ファット、何か見つかったの？」

デイジイが、ファットの手帳をのぞきこんだ。

「この足あとと、今度のと、大きさが同じなんだ」

「あたし、ちょうどこんな足の大きな人を、一人だけ知ってるわ」

「えっ！　だれだい？　そいつかもしれないぞ」

「でも、それがグーンさんなのよ」

みんなは、ワッと笑《わら》った。

「確《たし》かに、グーンさんの足ならぴったりだ。だけど、なんていったってグーンさんは、ちゃんとした警官《けいかん》だからね。話にならない」

「だれか、グーンさんのほかに、足の大きな人を探せばいいね」

するとラリイがいった。

「そうだ。足は、隠《かく》せないからね。手なら食べる時のほか、ポケットにつっこんでいれば隠せるけど。あっ、そうだ。ぼくたち、おやつの途中《とちゅう》だったよ」

三人は、また、垣根《かきね》を乗《の》りこえて、ラリイの家へ戻《もど》った。

「あっ、肉《にく》のサンドイッチがないぞ。ラリイ、きみんとこのネコがとったんじゃないかな」

「バスター、ネコが来ないように見張《みは》れ！」

ラリイがいうと、バスターは、うなって歩いて行ったが、垣根のところでウー、ウーと、うなって動かない。

「グーンさんが、向こう側にいるんだな。それでうなるんだ。垣根に登《のぼ》って見物しようよ」

ファットが、ニヤリとしていった。グーンさんは、三人に気づいて、イライラしているようだった。

「あっ、足あとを見つけたらしい。すごいねえ」

ラリイが、感心《かんしん》したようにいった。

「さすがはおまわりさんだね。まごまごしてると負《ま》けるよ」

ファットが、わざと聞こえるようにいったが、本当は、本気だった。グーンさんのうしろ向《む》きの首すじが、真《ま》っ赤《か》になった。とうとう、『どいとれ』さんは、立ちあがってどなった。

「どいとれ！」

7　ファットの計画《けいかく》

次《つぎ》の日、『五人と一匹《いっぴき》』探偵団《たんていだん》は、ファットの家の庭《にわ》にある小屋に集まった。ここはファットの隠《かく》れ家《が》だ。

「これは、探偵団としての正式《せいしき》の集まりだよ。さて、休みは四週間あるから、ぼくたちで、この泥棒事件《どろぼうじけん》を解決《かいけつ》する時間《じかん》は、じゅうぶんあると思う。今朝《けさ》は、みんなで計画をたてよう」

「この事件には、カギがたくさんあるわ。足あと、手袋《てぶくろ》のあと、せき、紙きれの住所——」

デイジイが、ひとつひとつ、数《かぞ》えあげた。

「いままでにわかったことでは、泥棒は、大きい足と手で、ぶきっちょで、しゃがれたせきをする男らしいね。それに、紙きれに書いてあるのが住所か名前なら、それから調《しら》べればいいよ」

ファットがいうと、ラリイがうなずいた。

「食料品屋《しょくりょうひんや》、パン屋、郵便屋《ゆうびんや》さんなどに、足の大きな男を見なかったかどうか、きいてみたらいいね」

「それも、きっと役《やく》にたつだろう。手わけして仕事《しごと》をはじめよう。ラリイは郵便屋、ピップはパン屋に話を聞いてくれ」

「よしきた。あのパン屋さんは、うちにも来ているんだよ」

「それから、デイジイとベッツは、食料品屋の女の人に会って、くわしく話を聞いてくれ。細《こま》かいことでも役にたつからね」

「ファットは何をするの？」

ベッツが、不思議《ふしぎ》そうに見あげた。

「ぼくは、変装《へんそう》して旅館《りょかん》のフリントン荘《そう》を見張《みは》るんだ。一日じゅう見張ったら、足の大きい男を見つけるかもしれないよ」

「でも、ファット、一日じゅう立っていたら、すぐあやしまれるわ。それに、お昼ごはんをどうするの？」

デイジイがきいた。

「もうすっかり計画はできているんだ。心配《しんぱい》いらないよ。フリントン荘から、百メートルと離《はな》れていないところで、一日じゅう立っていても、だれにもあやしまれない方法《ほうほう》があるんだ。きみたちの仕事が済《す》んだら、見にこいよ。それまでなんの変装かいわないでおくよ」

「きっと、すぐに見つけるわ」

デイジイが、自信《じしん》たっぷりでいった。

「よし、それではじめよう。ぼくは変装するから、みんな『どいとれ！』」

ファットが、『どいとれ』さんのまねをしたので、みんな笑《わら》いながら出かけた。

「ぼくは、家に帰って、パン屋の来るのを待《ま》っているよ。いつも十二時頃《ごろ》に来るから」

と、ピップがいうと、ラリイもいった。

「ぼくも、きみの家へいっしょに行って、郵便屋さんが手紙を持《も》ってくるのを待つよ」

「毎日手紙がくるってわけじゃないよ。来ないかもしれないぜ」

「でもさ、郵便局へ行って、みんなの前で聞くのはまずいだろ。きみといっしょなら、待っていても退屈《たいくつ》しないしな」

「食料品屋の女の人は、あなたの家に来るかしら？　そうなら、あたしとベッツもいっしょに行くわ」

「ぼくのうちは、ウィリアムさんと同じ食料品屋じゃないんだ。あそこの女の人はどこに配達《はいたつ》に行ってたかなあ」

「あっ、そういえば思い出したわ。いつか、ケンダルさんのところへ、ママのお使《つか》いで行ったの。そしたらあの食料品屋の女の人が配達に来ていたわ」

「そうだわ、ベッツ。ケンダルさんのところへ行って、待ってましょうよ。じゃ、さよなら。遊んでいて、仕事のことを忘《わす》れちゃだめよ」

「おせっかいだな。デイジイのやつ」

女の子二人は、とても運《うん》がよかった。ケンダルさんのところへ行くと、ちょうど向こうから、黄色い箱型《はこがた》トラックが、やって来るところだった。

「あら、あれが、食料品屋の車だわ。間に合ってよかった」

二人は、車のところへ走っていくと、食料品屋の女の人は、車のうしろの戸を開《あ》けて、中から、食料品のいっぱいはいった箱を出してきた。その時、せっけんの箱が、ひとつころがり落ちた。デイジイは、それを拾《ひろ》って、女の人が家から出てくるのを待った。

「あの、これが、落ちましたけど」

「まあ、どうもありがとう。きっと、荷物《にもつ》を出す時《とき》落としたんだわ。何しろ、今朝はとても急《いそ》いでいるもんでね。おまわりさんに、ウィリアムさんとこの泥棒の話を聞かせてくれ、って頼《たの》まれてね」

「まあ、ほんと？　あ、あたしは、ウィリアムさんのお隣《とな》りに住んでいますの。それで、お兄《にい》さんといっしょに、すぐウィリアムさんの家にかけつけたんですよ」

「それじゃ、おじょうさん、泥棒を見ましたか？　なんでも、ウィリアムの奥《おく》さんの宝石《ほうせき》を、盗《ぬす》んだんですってね」

「いいえ、あたしは見ませんでしたわ。そうすると、あなたも、配達に行った時、泥棒を見なかったんですのね」

「そうなのよ。きっとあたしは、泥棒の来る前に行ったのよ。音も何も、聞こえませんでしたからね」

「それじゃ、パンか、小包《こづつみ》が置《お》いてあったかしら?」

ベッツがきいた。

「パンも小包もありませんでしたよ。グーンさんも、今朝、いろんなことをききましたけどね。泥棒を見ていないんだから、答《こた》えようがないんですよ。さあ、もう、行かなくちゃ。さよなら」

そういって、食料品屋の女の人は、車に乗《の》って、走りさって行った。

「なんだか、あっけなく済んじゃった。ねえデイジイ、まだ時間が早いんだから、あたしの家へ来ない? ピップ兄さんやラリイが、どうしたか知りたいし」

ベッツがいった。そこで、デイジイとベッツは、ベッツの家へ行った。ピップたちは、門《もん》の開《ひら》き戸に乗って、ブランコのようにゆらして遊んでいた。

「デイジイ、もう来たの? 早いんだな」

「ええ、あたしたちのほうは、簡単《かんたん》に済んだの。でも、食料品屋の女の人は、泥棒より早く配達に来たから、何も見てないの」

「だれも、犯人《はんにん》を見た人はいないんだね。郵便屋さんも、きっと……あっ、来た来た！」

郵便屋さんは、小型トラックに乗ってやって来ると、隣りの家へ、小包をふたつ持っていった。戻《もど》ってくると、今度はひとつ、小包を出して、宛《あ》て名《な》を読《よ》んだ。

「ヒルトンさん——。この中に、ヒルトンさんの子どもさんがいるかね？」

「はーい。ぼく、ヒルトンです。届《とど》けますよ」

ピップが、前に進み出た。

「郵便屋さん、泥棒とぶつかりそうになったって、ほんと？」

「まあね。わたしは、裏口《うらぐち》の食料品の置いてある横《よこ》に、小包を置いてきただけさ。泥棒は、植《う》えこみかどこかに、隠《かく》れていたんだろ」

「パンは置いてなかったの？」

「置いてなかったと思うね。何しろ、急いでいたからね。よく見なかったけれど。さあ、小包を、お母《かあ》さんに渡《わた》してくれよ」

郵便屋さんは、行ってしまった。

「さあ、あとはパン屋だけだ。パン屋が済んだら、フリントン荘へ行って、ファットを探《さが》そうよ。どんな変装をしているかなあ」

8 へんな漁師《りょうし》

しばらくして、やっと、パン屋が来た。小男のパン屋は、バスケットを持《も》って、配達用《はいたつよう》の車からおりて来た。パン屋は、キンキン声でいった。

「こんちは、坊《ぼっ》ちゃん。ブランコあすびもいいけんど、戸がこわれますよ」

「パンを持ってってあげようか？」

と、ピップが親切《しんせつ》にいった。

「そこらに、泥棒《どろぼう》がいるかもしれねえですからねえ。きんのうなんか、ウィリアムさんとこで、もうちいっとで、泥棒とぶつかるところでしたよ」

「へえー、話してよ」

ラリイが熱心《ねっしん》にいった。

「あんまり知《し》らねえですよ。いつものように、バスケットさげて裏口《うらぐち》へ行くと、食料品の包《つつ》みと、小包《こづつみ》が置《お》いてありましてねえ。あっしは、『三つめがパンだよ』と、ひとりごとをいったね」

パン屋は、おもしろそうに話しはじめた。

「それから、パン四本と書いた紙きれがあったから、四本パンを置いて出てきましたよね。外《そと》に出たら、おったまげるほど大きな足あとがありましたよ」

「パン屋さんも、あれを見たの？」

「えっ？　あんたがたも、足あとを知っているんですかい？」

パン屋は、びっくりしたようだった。ラリイは残念《ざんねん》そうにいった。

「足あとがあったなら、泥棒は、まだそこらにいたかもしれないよ。おしかったなあ！　おじさんが、泥棒を見ていればよかったのにねえ」

「ノートン屋敷《やしき》の時《とき》も、見んかったんですよ。ジニイが声をたてたので、急《いそ》いで行ったんですけどね」

「おかしいね。さあ、パン屋さん。パンを家まで持っていくよ」

そういって、ピップが手を出すと、パン屋は首を振《ふ》った。

「いいえ、けっこうでさ。坊ちゃんがよごすといけないからね。パンは、セーケツにしなけりゃ」

小さなパン屋は、白い布《ぬの》をかけた大きなバスケットをさげて、ヒョコヒョコと家の方へ行った。

「なんておかしなパン屋さんでしょう。あんなにきれい好《ず》きみたいで、きたない手をしていたわ」

ベッツがいうと、みんなクスクス笑《わら》った。やがてパン屋は、戻《もど》ってきていった。

「今日《きょう》は、泥棒は、来ないらしいな。見つけたら知らせるって、グーンさんと約束《やくそく》したんですよ」

ラリイがきいた。

「グーンさんは、まだ、泥棒事件《じけん》が起こると思ってるのかな」

「そういうとこでしょうな。あっしは、ほうぼうの家へ行きますんで、見張《みは》りにはいちばんいいって、いってくれましたよ」

パン屋が行ってしまうと、ピップがつぶやいた。

「ちえっ、いい気なもんだな、あのパン屋、虫がすかないや」

「さあ、フリントン荘《そう》に行って、ファットを探《さが》しましょうよ」

と、ベッツが、門の開《ひら》き戸から、ピョンと飛《と》びおりていった。子どもたちは、川までまっすぐに出て、そこから川ぞいにフリントン荘まで歩いた。フリントン荘というのは、昔《むかし》お金持《かねも》ちがたてた大きな家で、いまは旅館《りょかん》になっている。古《ふる》びて、もうガタガタになっていた。

「ファットはどこにいるのかしら。魚《さかな》つりをしている本職《ほんしょく》の漁師のほかに、だれかいるかしら――」

ベッツがあたりを見回《みまわ》した。

「いる！　あの草の上にすわっている人、へんな服着《ふくき》ているね！」

ピップが指さす方をみんなが見ると、チェックの模様《もよう》のついた帽子《ぼうし》、はでなみどり色のスカーフ。青い上着《うわぎ》、上着のすきまから見えるズボンつりは、真《ま》っ赤《か》、という、奇妙《きみょう》な人がつりをしていた。

「きっと、あれがファットだぞ。だけど、あのかっこうは、少しいいかれてるね。どうして、あんなにはでにしたんだろう？」

ピップが、不思議《ふしぎ》そうにいった。

「ファットのことだから、きっと何かわけがあるのよ」

と、デイジイがいった。

「あっ、こっちを向いたぞ。遠《とお》くてよくわからないけど、ずいぶんほっぺたをふくらましたな。それに、ひげなんかつけて……」

その男は、向《む》こうを向いてつりを続《つづ》けていたが、しゃがれたせきをした。

「せきまでいかれているぞ！」

ピップが叫《さけ》んだが、その男は知らん顔をしていた。

「見つけたわよ！」

デイジイもいった。

「おーい、しっかり頼《たの》むよ。もう帰《かえ》るから。おなかがすいてきたからね。またあとで来るよ」

ラリイたちは、家に帰ってお昼ごはんを食べた。二度めに来ると、さっきの男は、土手でパンを食べていた。子どもたちは遠くから声をかけた。

「魚、つれた?」

男はあわててパンをのみこんで、目を白黒《しろくろ》させた。

「だいじょうぶ?」

ベッツが、口に手をあてていった。男はいきなり立ちあがると、川の方へ行ってしまった。

「おーい、どうしたんだよ!」

と、ラリイがいった。子どもたちは、土手《どて》の下まで走ってきた。すると、ベッツが土の上を指さしていった。

「待《ま》って、足……大きな足あとよ」

(しまった! ファットじゃないのか。大きな足! もしかしたら、泥棒《どろぼう》かな?)

ラリイは、驚《おどろ》いて息《いき》をのんだ。

「きっと泥棒だわ。ファットに早く知らせなくちゃ。ファットはどこにいるのかしらね。泥棒が逃《に》げちゃうわ」

デイジイが気をもんだ。

9　グーンさんへの電話《でんわ》

ラリイはうなずいた。ファットのいない時《とき》は、ラリイが団長《だんちょう》なのだ。

「ピップとベッツは、ここで泥棒《どろぼう》を見張《みは》ってくれ。デイジイとぼくはファットを探《さが》すからね」

「よし」

ピップとベッツは、草のはえた川岸《かわぎし》にすわった。向《む》こうの草の上の男は、いやな目つきで、用《よう》心深《じんぶか》くあたりを見回《みまわ》した。

「ほらね。あんなに用心しているわ。あたしたちがこうして見張っているのが、気になるんだわ」

じっとすわっているのは、とても退屈《たいくつ》だった。その男は、一匹《いっぴき》も魚《さかな》をつらなかった。それから、時々《ときどき》へんなせきをした。

「あのせき！　やっぱり、あれが泥棒だわ！」

ベッツは、ピップのそでをつかんだ。

男は、人が来るたびに、その方をするどく見た。川ぞいの小道は人どおりが少なかった。乳母《うば》車《ぐるま》を押して女の人が通《とお》ったあとから、自転車《じてんしゃ》に乗《の》ったパン屋が来た。道が細《ほそ》いので、自転車からおりて、押しながら近づいた。

「やあ、やあ、やあ、こんちは。坊《ぼっ》ちゃん。泥棒はつかまりましたかね？」

パン屋はキンキン声でいった。ピップはうるさかったので、首を振《ふ》っただけだった。パン屋は陽気《ようき》におしゃべりした。

「漁師《りょうし》なんてのは、まったくいい商売《しょうばい》ですよ。空は青空、あたりは水が音をたてるだけ。昼寝《ひるね》をしても、じゃまする者《もの》もない。あっしなんざ、重いバスケットをえっさ、えっさかついで、ほんとに、やになっちゃうってもんですよ。あっしはどうしてパン屋なんかになったんでしょうか？」

近くにいた本職《ほんしょく》の漁師は、やかましいおしゃべりに、チラッとパン屋を見たが、また知《し》らん顔をして向こうを向いた。

「もしもし、つれましたか？」

パン屋はしつっこくきいた。男はこちらを向かずに、静《しず》かな太《ふと》い声で答《こた》えた。

「まだ」

パン屋は、それからもしゃべっていたが、やっと向こうへ行った。

「ばかなおしゃべりだな。泥棒が逃《に》げちゃうじゃないか」

「ねえ、ピップ、パン屋さんが戻《もど》ってこないうちに、橋《はし》を渡《わた》って向こう岸に行きましょうよ」

「ラリイたちは、どうしたのかな。こんなだいじな時に、ファットが見つからないなんて、よわったな」

一方《いっぽう》、その頃《ころ》ラリイとデイジイは、フリントン荘《そう》のぐるりを、歩き回っていた。

「あそこで、絵をかいている女の人、ね、あれが、ファットじゃない？」

デイジイが指さしたので、二人はその女の人に近づいた。女の人は、顔を隠《かく》すような大きい帽《ぼう》子《し》をかぶって、フリントン荘の方を見ては、絵筆《えふで》を動《うご》かしていた。

「や、違《ちが》うよ。ファットより鼻が小さいよ。いくら変装《へんそう》しても、鼻を小さくすることはできないからね」

デイジイは、ぐるっとひと回りして、あたりをながめた。

「そうすると――、あら、あの漁師かしら。ずっとここにいるのは、あの人だけだもの」

「よし、手を見よう。あれ、だめだ。手袋《てぶくろ》をはめてる」

その時、その漁師はあくびをした。

「まあ、やっぱり、ファットのあくびだわ。あの長《なが》いあくび！」

二人は、そばへかけていって顔を見た。つけまゆ毛や、つけひげをしていたが、目は、かしこそうにすんだファットの目だった。

「ファット、泥棒を見つけたよ！」

「なんだって！」

と、漁師がふり返った。やっぱりファットだったのだ！

「ほら、あそこの草むらにいる人、あれは泥棒だよ。大きな足だったよ。きっとフリントン荘に住んでるんだよ」

ファットは、しばらくだまっていた。

「確《たし》かかい？　それじゃ、ぼくがここで見張っているから、すぐ行ってグーンさんに電話《でんわ》をかけろよ」

「グーンさんにだって？」

ラリイは、びっくりして大きな声をだした。

「なぜ、グーンさんなんかに知らせるの？　ファット」

「ぼくのいうとおりにしろよ。もし留守《るす》だったら、少し待《ま》ってから、また電話するんだ。そして、草むらにすわってるへんなやつのことを、くわしく教《おし》えてやれよ」

ラリイとデイジイは、わけがわからなかったが、電話をかけに行った。

「ファットは何を考えているんだろう。泥棒を見つけたっていっても、驚《おどろ》かなかったね」

「せっかく見つけたのに、『どいとれ』さんなんかに知らせちゃえば、これであたしたちのやることは終《お》わりなのに……」

二人は、ピップのところへ行って、そっとわけを話した。

「みんなで、電話をかけに行きましょうよ。ファットが見張ってるんだから」

みんなは、郵便局《ゆうびんきょく》へ行って電話をかけたが、グーンさんは留守だった。留守番の女の人が、

「グーンさんはあと三十分で戻ります」といった。

「三十分も待つのか。氷屋《こおりや》に行って、アイスクリームを食べようよ」

子どもたちは、チョコレートアイスと、メロンアイスと、ふたつのアイスクリームをゆっくり食べて、それから電話した。

「こちら、警察《けいさつ》」

今度《こんど》は、グーンさんが電話にでた。

「グーンさん、こちらラリイですが、お知らせすることがあるんです。今度の泥棒事件《じけん》のことなんです」

「よし、いってみなさい」

「ぼくたち、泥棒を見つけたんです。今日《きょう》見たんです」

「場所《ばしょ》はどこだ?」

グーンさんは、するどくいった。

「フリントン荘のそばの川の草むらの中にいたんです。大きな足と手で、へんな服《ふく》を着《き》て、人相《にんそう》

の悪《わる》い男です。上着《うわぎ》の色は青で……」

グーンさんは、へんな声をだした。

「グーンさん、なんておっしゃったんですか？　泥棒《どろぼう》をつかまえに行ってくださるんでしょう？」

ガチャン！

「へんなの！　グーンさん、電話《でんわ》を切っちゃったよ。どうしたんだろう」

10　お茶《ちゃ》の会

みんなも、わけがわからなかった。

「ファットのところへ行って話そう。グーンさんは、きっと、ぼくの話を信用《しんよう》しなかったんだ」

「なんだか、へんな感《かん》じがするわ。ファットに聞いてみなくちゃわからないわね」

「まあ、ファット！　もう来たの？」

デイジイが振《ふ》り向《む》いて、驚《おどろ》いたようにいった。そこには、すっかり変装《へんそう》を脱《ぬ》いだファットが立っていたからだ。

「ファット、泥棒《どろぼう》はどうしたの？」

「きみたちが行くと、すぐに行ってしまったよ」

「まあ、どうして追跡《ついせき》しなかったの？」

「だって、どこへ行ったのか、ぼくにはちゃんとわかってるからね。グーンさんに、電話《でんわ》したかい？」

「うん、最初《さいしょ》は留守《るす》だったけどね。二度めの時《とき》に電話にでて、泥棒の話を聞いたら、途中《とちゅう》で、ガチャンと電話を切っちゃったんだ。ぼくのいうことを信用しなかったのかな」

ファットは、いきなりげらげら笑《わら》いだした。あんまり笑って、涙《なみだ》が出たほどだった。

「どうしたんだい？　きみもグーンさんも、ちょっとへんだぜ」

「そうさ。グーンさんが電話を聞いた時のへんな顔が見たかったよ。自分の顔だの大きな足のことだのいわれて」

ラリイは、しばらくしてからいった。

「まさか、あの人がグーンさんだったなんて、いうじゃないんだろうね？」

「よく考えてみろよ。グーンさんだって、変装のしかたをならって来たんだよ。それで、あのへんな服《ふく》を着《き》て、泥棒を見張《みは》ったというわけさ」

「まあ、ファット、あたしがみんなに、泥棒だっていったんだわ！」

ベッツが、泣きそうになった。

「ひどいわ、ファット。すっかり知《し》っていたくせに、わざわざ電話をかけさせるなんて！　あたしたち、グーンさんにすっかり話しちゃったわ！」

「ごめんよ。つい、いたずらしたくなってね。でも、探偵団《たんていだん》のくせに、村でたった一人のおまわりさんを、泥棒と間違《まちが》えたんだからね。このくらいの罰《ばつ》は、まあ、しかたがないと思ってくれよ」

「それでグーンさんは、ガチャンと電話を切っちゃったんだな。ますます、ぼくらのことを嫌《きら》うぜ」

「もとから嫌われているんだから、これもしかたがないさ。しかし、今朝《けさ》グーンさんが来ているのを見た時は、ぼくもさすがだと思ったな」

「きみは、グーンさんだって、すぐ見抜《みぬ》けたのかい？」

ラリイは、がっかりしたようにきいた。

「そうだよ。――ところできみたち、フリントン荘《そう》の家の絵をかいている女の人を、見なかった？　さっきぼくの帽子《ぼうし》が風に吹《ふ》き飛《と》ばされてね。それを、あの女の人が拾《ひろ》ってくれたんだ。それで話をしてみたら、あの女の人が、フリントン荘に住んでるってことがわかったんだ」

「それで、きみは泥棒のことをきいたの？」

「そのとおり。そしたら、いまフリントン荘に泊《と》まっている男の人は、一人だけで、病気《びょうき》の人だって」

「つまり、フリントトン荘には、泥棒がいないっていうことが、はっきり決まったわけね」

「あたし、家に帰《かえ》りたいな。おやつの時間《じかん》がすぎちゃったわ」

と、ベッツがいうと、ピップが横《よこ》からいった。

「なんだい、さっき、アイスクリームをふたつ食べたじゃないか」

「いいよ。みんなをだましたおわびに、ぼくがごちそうしよう。ぼく、お金を持《も》っているんだ」

ファットは、ポケットからお金を出して調《しら》べた。

「だいじょうぶだ。シュークリームとチョコレートケーキが五つずつ、買えるよ。泥棒を見つけそこなった残念《ざんねん》の反省《はんせい》会にしよう」

みんなは笑った。お菓子《かし》を買ってファットの家に行くと、台所《だいどころ》からもらってきたサンドイッチも加えて、みんなは楽しいパーティをした。

「これで、フリントトンは済《す》んだから、次《つぎ》は、ロッズの1番《ばん》だね。だけど、ロッズというのは、住所か名前かどっちかな？」

ピップがいうと、ベッツはのんきにいった。

「あたしは、どっちにしようかな。シュークリームを先に食べようかしら。それとも、チョコレートケーキを先にしようかしら」

「ばかだな。ぼくは、探偵《たんてい》の話をしてるんだぞ」

「ロッズというのはね、何かの名を、短《みじか》くいってるんだと思うね。ロッズニイ、ロッズウェイとか」

ファットが、ゆっくり考えながらいった。

「電話帳《ちょう》で、ロッズではじまる名を調べたらどうかな」

ラリイがいった。

「それもなかなかいい考えだね。では、だれか大きな足の人を調べる方法《ほうほう》を、思いつかないかい？」

ファットが、みんなを見回《みまわ》した。ベッツがクスクス笑いながらいった。

「足の大きな人を見つけても、『ちょっとおじさん、足をあげて、くつ底《ぞこ》を見せてください』なんて、いえないわ」

「そりゃそうさ。でも、ぼくはいいことを思いついたんだ」

と、ピップが元気にいった。

「何？」

みんながきいた。

「くつ直《なお》しの店へ行くのさ。ピーターズウッド村には、一けんしかないだろ。そして、二九センチのくつのしゅうぜんをしたかどうか、聞いてみるんだよ」

「名案《めいあん》だ！　さすがは第一級《だいいっきゅう》の探偵だ。これで、泥棒が見つかるかもしれないぞ」

ファットは、ピップと握手《あくしゅ》した。

11　くつ屋の店

次《つぎ》の日、『五人と一匹《いっぴき》』探偵団《たんていだん》は、手わけして仕事《しごと》にかかった。ラリイとデイジイは、ロッズのつく住所、ピップとベッツは、ロッズのつく名前を調《しら》べた。ファットは、くつ直《なお》しの店へ行くことにした。

「くつ屋のおじさんは、気が短《みじか》いんだって。すぐ怒《おこ》るんだよ。ファット、どうやって聞くの？」

「だいじょうぶだよ。だけど、グーンさんも来るんじゃないだろうな」

ファットは、隣《とな》り町のシープリッジへ、バスに乗《の》って行った。そうして、古道具屋《ふるどうぐや》へ行くと、大きなくつを探《さが》した。そして、やっと二七センチのくつを見つけた。

（よし、これでいいことにしよう。古ぐつだから、変装《へんそう》は浮浪者《ふろうしゃ》のおじいさんにするか。くつを引《ひ》きずって歩くには、ちょうどいいからな）

ファットは、前の歯《は》を二本、黒くぬり、片方のほおにわたをいれてふくらましたので、虫歯ではれているように見えた。灰色のかつらとひげをつけ、きたないコールテンのズボンをはいた。パイプをくわえると、ファットは鏡《かがみ》に向《む》かって、ニヤリと笑《わら》った。

(この姿《すがた》で台所《だいどころ》へ行ったら、お手伝《てつだ》いさんがパンをめぐんでくれるだろうな)

ファットは、足を引きずりながら、くつ直しの店へ行った。

「なんの用《よう》だね?」

くつ屋は、疑《うたが》わしそうにいった。

「わしのくつですだ。だんな。小《ちい》せえんで、足が痛《いて》えのなんのって。大きなくつを売ってもれえてえんで」

「おまえさんの足は何センチだね。二九センチかい、三〇センチかい。まあ、どっちにしても、そんな大きなくつは、うちでは置《お》いてないね」

「えへへ、まったく、わしの足のでっけえこと。昔《むかし》は、これでも、大きな男でしただ。ここらでも、わしみたいな足の人は、一人もいねえんでしょうな?」

「この村には、足の大きい人が二人だけいるな。一人は巡査《じゅんさ》のグーンさん。もう一人は、クロス大佐《たいさ》だ。くつ底《ぞこ》のしゅうぜんをする時《とき》は、お金を余分《よぶん》にもらうことにしてるんだ。皮《かわ》がたくさんいるんだからね。そのくつを直してほしいのかね?」

「いんや、つまり、わしがはけるようなくつの、古いのはないかどうかと思ってな。クロス大佐のくつのはらいさげはないかね。あったら安《やす》く売ってもれえてえね」

「だめだ。なんにもないよ。もし、あったって、おまえなんかに売るもんかい。さあとっとと出ていきな。めんどうを起《お》こす気かい？」

「とんでもねえ。だんな、大佐のくつは、ゴム底ですかい？」

くつ屋は、とうとう怒りだした。

「それが、おまえとなんの関係《かんけい》があるっていうんだい？　店に来て、おれの仕事のじゃまをしようっていうのか？　この次には、肉屋《にくや》のくつは、黒か茶色か、なんて聞くんだろう。早く消えてうせろ！　二度と来るな！」

「すんません、だんな。そういうわけじゃねえんで——」

じいさんは、ひどくせきこみながら、店を出ようとした。

「たばこなんか吸《す》うから、せきがでるんだ。さあ、どいてくれ。ほら、お客《きゃく》さまが待《ま》っているんだぞ」

「わたしを通《とお》してくれ」

次に来た男は、いばった声でいった。

（あの声！　グーンさんだ。今度《こんど》の変装のほうが、ちょっとましだな）

グーンさんは、白いフランネルのシャツとズボンで、赤いベルトをしていた。黒めがねをかけていたが、これでカエルみたいな目を隠《かく》すつもりらしい。

「おはよう。わたしの兄《あに》が、ここへくつのしゅうぜんを頼《たの》んだんだがね。できたかな？　とって来ておくれと、頼まれたんだ」

「お名前は、なんですか？」

「名前をいわずに、くつだけを置いていったそうだ。サイズは二九センチだ」

「そんなに大きなくつは、ありませんね。二九センチのくつをはく人は、この村に二人だけですよ」

「だれだね」

「それが、あんたとなんの関係があるんですか？　まったく、大きいくつの話ばかりで、午前中がつぶされちまうわい」

くつ屋は、イライラしてきた。

「その大きな足の一人は、グーンさんだろう。わしはグーンさんをよく知っとるんだ。よい友達《ともだち》でな。まったくいい人だ」

「うへっ、そうですか。それなら、あんたのほうがよくご存知《ぞんじ》でしょうよ。わたしは、あんないばった、ばかなおまわりの話をして、時間《じかん》をつぶしませんよ」

グーンさんは、顔を茶色くぬっていたが、その下でむらさき色になった。

「おまえのもう一人のお客はだれだ！」

グーンさんは、急《きゅう》にこわい声をだしたので、くつ屋はびっくりした。

「足の大きな、もう一人のことだ。知《し》っとるなら、答《こた》えたほうが身のためだぞ。わしは、グーンさんからじきじきに頼まれて、ここにやって来たんだからな」

「ばからしい」

くつ屋は、いいかけてから、グーン巡査のことを考えて、とにかく返事《へんじ》をした。

「もう一人は、クロス大佐ですよ」

「クロス大佐のくつは、ゴム底か？」

「ゴム底だって！　いったい、なんでみんな、ゴム底のことばかり聞くんだ？　自分でクロス大佐のところへ行ったらいいだろう。あんたとあのじいさんは、グルになってるんだな」

「じいさんなんぞ、知らんぞ」

「さっき、あんたがはいって来る時、出ていったやつですよ。さあ、もういいでしょう。わたしは、仕事があるんだから」

グーンさんは、

（わしが巡査のグーンだといったら、こいつ、驚《おどろ》くだろう。まったく、そういってやりたいものだ）

と、くやしがりながら、明るい外《そと》へ出ていった。

（あのじいさん、どこに行ったろう？　やや、あそこのベンチにすわっているぞ！）

グーンさんは、ベンチへいくと、じいさんの隣《とな》りへどしんとすわった。ファットは、グーンさんが自分の大きなくつを、ジロジロながめているのに気がついた。

（ふふ、ぼくを疑《うたぐ》っているんだな。おもしろいや。さあ、何かいってごらんよ。『どいとれ』さん！）

12　グーンさんをからかう

グーンさんは、隣《とな》りにすわっているのが、まさかファットとは思わなかった。それで、黒めがねの裏《うら》からジロリとにらんで考えた。

（これが泥棒《どろぼう》かな？　よし、何か聞いてみよう）

「たばこ、欲《ほ》しいかね？」

ファットのパイプに、たばこがつまってないのを見て、グーンさんは声をかけた。ファットは、グーンさんの方を見ると、手を耳のうしろにあてた。グーンさんはもう一度《いちど》いった。

「たばこ、欲しいかね？」

ファットは、まだ耳に手をあてたまま、グーンさんを横目《よこめ》でにらんだ。

「**た・ば・こ・ほ・し・い・かぁ？**」

グーンさんは、大声をはりあげた。

「ああ、そう、わたしゃ、ひどいたこができやしてね。足にね」

「たばことたいっとるんじゃ」

「はじめから聞こえてますがね。いま医者《いしゃ》にかかっとるんですよ」

ファットはぜいぜいとせきこんでから、鼻をこすった。グーンさんは舌打《したう》ちをしていった。

「おまえの足は、ばかにでかいな」

「ああ、ここは、あったかでよござんすね」

「あしがでかいといっとるんじゃ」

「そうでやす。ここんとこ、あまりアジがとれねえそうで。アジはうまい魚《さかな》だがね」

「ばかなじじいだ！」

このじいさんは、まるっきり聞こえないのだと思いこんで、グーンさんは、普通《ふつう》の声でいった。ところが驚《おどろ》いたことに、じいさんには聞こえたらしい。

「なんだと！　ばかなじじいとはだれのこった。聞こえたぞ！」

こういって、じいさんはつえを振《ふ》りあげた。グーンさんは、あわててベンチのはしの方に逃《に》げた。

（こりゃ、泥棒じゃないらしい。しかし、どこでこの大きいくつを手にいれたんじゃろ。どこのじじいか調《しら》べにゃならん）

グーンさんは、パイプを出してたばこをつめた。ファットは、からのパイプを吸《す》って、グーンさんの様子《ようす》をうかがっていた。

すると、ラリイ、デイジイ、ベッツ、ピップがやって来た！　ファットは、あごをえりの中につっこんで、四人に気づかれないようにした。グーンさんもイライラした様子で、たばこをふかしていた。四人は一度通《とお》りすぎたが、曲《ま》がり角《かど》で振《ふ》り向《む》いた。ベッツがラリイのそでを引《ひ》っぱった。

「あの、きたないおじいさんの隣りにすわってる人、きっとグーンさんよ。あの毛むくじゃらの手を見れば、すぐわかるわ。また変装《へんそう》したのね。前よりちょっとましだわ。目が隠《かく》れてるから。目がでてれば、すぐばれちゃうものね」

「ベッツのいうこと、きっとほんとよ。あのすわり方はグーンさんよ」

と、デイジイもいった。

「ちょっと、グーンさんをからかってみようか」

と、ピップがいった。

「グーンさんに、いろんなことを聞くんだよ。ね、ぼくが先にやってみるよ」

ピップは、つかつかとベンチのところに戻《もど》った。ファットはドキンとした。しかし、ピップはファットには気がつかず、グーンさんに話しかけた。

「すみませんけど、いま何時でしょうか?」

グーンさんは、にがい顔をして、大きな懐中時計《かいちゅうどけい》を引っぱりだした。

「十二時十分前」

ファットはびっくりした。

(ピップは自分の時計を持ってるはずだが……)

すると、次にラリイがやって来た。

「あの、百円をくずしていただけませんでしょうか?」

と、ていねいに頼《たの》んだ。ファットは、みんなでグーンさんをからかってるんだな、とわかって、思わず『ウフッ』と笑《わら》ってしまった。でも、グーンさんが鼻を鳴《な》らしたので、ファットの笑い声は、聞こえなかった。

「そ、そんなことは、よそへ行って頼め!」

グーンさんは、腹《はら》を立てたようだった。ところが、今度《こんど》はデイジイがやって来た。

「シープリッジ行きのバスは、すぐ来るでしょうか?」

「バスの時間表《じかんひょう》を見てこい!」

「ありがとうございます」

ファットは、ハンカチに顔をうずめて、キュッキュッと笑った。デイジイは、びっくりしてファットを見たが、へんな顔をした。そこへ、最後《さいご》にベッツが来た。

「あのう、あたしたちのイヌのバスターを見ませんでしたか？」

「知らん！」

「ありがとうございます」

ベッツは、ていねいにお礼《れい》をいうと、デイジイを残《のこ》して行ってしまった。ファットは、ゲラゲラ笑いたいのをがまんするので、息《いき》がつまりそうになり、ハンカチを当てて、せきこむまねをした。グーンさんは、カンカンになって、大またで交番《こうばん》の方に行ってしまった。

ファットは、ハンカチを顔に当てたまま、ベンチの上で笑いころげた。行きかけたデイジイは、びっくりして振り向いた。

「おじさん、だいじょうぶ？」

「ありがとう、デイジイ」

ファットが普段《ふだん》の声でいったので、デイジイはあっけにとられて、口を開《あ》けたまま、ファットを見つめた。

「ファット！　まあ、ファット！　グーンさんはわかったけれど、まさかおじさんがファットとは思わなかったわ。まあ、ファット！」

「グーンさんが、何を調べたか探《さぐ》りたかったんだよ」

「それにしても、あきれたわ」

デイジイは、ファットの隣りに腰《こし》をおろすと、低《ひく》い声で話した。

「おなかすいたでしょ？　交番の前に、バスの停留所《ていりゅうじょ》があるでしょ。あそこのベンチにすわってらっしゃいね。あとでベッツにお弁当《べんとう》を持《も》たせるから。そして、グーンさんを見張《みは》るのよ」

「うん、そうしよう」

デイジイは、浮浪者《ふろうしゃ》に話しかけているのを、人に気づかれないように、前を向いて口だけ動《うご》かしていた。

「なんか、みんなに伝えることない？」

「町で、古物市《ふるものいち》があるんだ。きみ、行ってみて、特大《とくだい》のくつを探《さが》してくれない？　そんなくつ、買ったやつがいるかどうかもね」

デイジイは、クスクス笑った。

「いい考えだわ、大型《おおがた》のくつをはく人のうち、一人はファットね！　さあ、みんなのとこに行かなくっちゃ」

デイジイは、みんなのところに戻って、小声でいった。

「あれ、ファットなのよ」

四人は、まじめな顔をして、じいさんの前を通りすぎた。ファットは、みんなに目くばせした。

「あたしたち、お弁当《べんとう》をとりに行きましょうね」

デイジイが、わざと大きな声でいった。

13 いそがしい午後

ファットは、足を引《ひ》きずって交番《こうばん》の近くのベンチに行くと、ゆっくり腰《こし》をおろした。ベンチに腰かけていたおばあさんが、ファットの手に百円にぎらせてくれた。ファットはびっくりして、もう少しで浮浪者《ふろうしゃ》だったことを忘《わす》れそうになったが、すぐ思い出して、ひたいに指を当てていった。

「おありがとうございます」

まもなく、ベッツが、新聞紙《しんぶんし》で包《つつ》んだものを持《も》ってかけて来た。ベッツは、ベンチにすわると、かがんでくつのひもをむすびながら、小声でいった。

「お弁当《べんとう》よ。とってもおいしいのよ。それから、ラリイが地図《ちず》で名前を探《さが》したわ。ロッズではじまるのは、ロッズニイさんと、ピップの家の近くの、ロッズウェイさんだけよ」

「きみとデイジイは、ロッズニイさんのところに行ってくれよ。ラリイとピップにはロッズウェイに行くように頼《たの》んでね。大きな足のやつを探すんだ」

「わかったわ。あとで小屋で会《あ》いましょう」

ベッツは、そういって、また、ちょっとくつのひもをむすび直《なお》すと、小さな声で「さようなら」といった。

(ベッツって、頭がいいな)

ファットは、たまごサンドと、トマトサンドと、大きなフルーツケーキの、すてきなお弁当にありついた。ふたのついたビンに、ジュースもいれてあった。ファットは、ペロリとたいらげて、またパイプをくわえ、新聞をひろげて、ゆっくり読《よ》みはじめた。

そのころ、交番の中のグーンさんも、新聞を読みながら、ふと外《そと》を見ると、近くのベンチにまたあのじいさんがすわっているのが見えた。

(またいるわい。泥棒《どろぼう》じゃないらしいが、どうも、やたらにうろちょろしすぎるな。見張《みは》らにゃならんぞ)

グーンさんは、昼ごはんを済《す》ますと、次《つぎ》の仕事《しごと》にかかることにして、紙きれを出してみた。

まず『**フリントン**』だが、これは調《しら》べた結果《けっか》、疑《うたが》いがはれた。さて、次は、『**ロッズ**』だ。

——ロッズニイ——ロッズウェイ。

グーンさんは、村の人の中でロッズのつく名前をすぐ思いついた。

まさか、トンクス巡査《じゅんさ》が、ファッツトにも、この紙きれを見せたことは知らなかったので、紙きれをポケットにしまうと、どっこいしょと立ちあがった。

じいさんは、まだベンチにすわっていた。グーンさんは、その前でサッと自転車《じてんしゃ》に飛《と》び乗《の》ると、あっというまに行ってしまった。

（ちくしょう！　うっかりした。グーンさんは、いつだって自転車で行くんだっけ！）

ファッツトは、どうしようかとしばらく考えた。

（よし。ほかの仲間《なかま》が、ロッズニイやロッズウェイを調べてるんだから、ぼくはクロス大佐《たいさ》の家に行ってみよう）

ファッツトが心《こころ》を決めた頃、グーンさんは、ロッズニイを調べに行っていた。家に近づいてみると、垣根《かきね》の外に自転車が二台置《お》いてあって、デイジイとベッツが、門《もん》から出てくるところだった。

（また子どもらか！　何しとるんじゃろ？）

「こんにちは、グーンさん」

と、デイジイは楽しそうにいった。そのデイジイは、くつを四、五足も手にかかえていた。

「どこから持ってきたんじゃ？」

「ロッズニイさんに頼まれたのよ。いらないから、古物市《ふるものいち》へ持っていって売ってくれって」

グーンさんは、開《あ》いた口がふさがらなかった。中に、はいろうかどうしようかと迷《まよ》いながら、もう一度《いちど》ふり返って、ベッツが自転車のかごにつめこんでいる古ぐつを、ジロリとにらんだ。デイジイがすかさずいった。

「二九センチはないわ。二七センチが最高《さいこう》よ」

「ばかめ！」

グーンさんは、カッとして、自転車にとび乗った。

（どうして子どもらは、ロッズのことを知っとるんだ。トンクス巡査のやつ、教《おし》えたのか。そうなら、トンクスの頭をブッとばしてやる！）

グーンさんは、今度《こんど》はロッズウェイさんの家に向かった。自転車をおりて、へいにたてかけたが、そこには、男乗りの自転車がもう二台たてかけてあった。

（こんなところに、だれが自転車を置いたんだ。注意せにゃならん！）

へいを曲《ま》がってみると、ラリイとピップがいる。ボール投《な》げをしていて、へいの中にボールがはいってしまったところらしい。グーンさんは、あわてて、またへいのかげにひっこんだ。

「ラリイ、ヘタクソだな！　ボール、とらしてもらおうよ」

と、ピップがいっていた。

二人は、すぐ門からはいって戸をノックした。

「何かね？」

部屋《へや》の中のおばあさんが、ゆりいすに腰かけたまま、窓《まど》から声をかけた。

「ボールがはいっちゃったんですが、とらしていただけますか？」

「あいよ」

おばあさんは、ゆりいすをゆすりはじめていった。

「ついでに牛乳《ぎゅうにゅう》が来たかどうか、見ておくれよ。それから、パン屋に会《あ》わなかったかね？」

「会いませんでしたよ。牛乳は来ています。中にいれましょうか？」

「ありがと、ついでに台所《だいどころ》にいれといておくれね。わたしゃ、ちょっとウトウトしていたんでね」

ラリイは、小さな家の中を見回《みまわ》した。壁《かべ》のくぎに、すごく大きなレインコートがかかっていた。

（ここには大男が住んでるな！　しめた！）

「ずいぶん大きいレインコートだなあ」

おばあさんは、ゆりいすを、ひどくゆすりながらいった。

「わたしの息子《むすこ》のでね。大きい子なんだよ。でも、とても親切《しんせつ》でやさしくてね」

「すごく大きいんでしょうね。くつなんかも。何センチですか？　二九センチぐらい？」

「まさか！　二九センチなんてないよ。ちょっとあそこを見てごらんな。あれがみんな、息子のくつよ」

「ほんとですか？　くつは、みんな二七センチぐらいだ。

これは驚《おどろ》いた。くつは、みんな大きな人が、なんて小さな足なんだろう」

「そう、手足は普通《ふつう》なんだよ」

ピップは、ラリイの方を見た。ここには泥棒がいないらしい。その時《とき》、だれかがこっちへやって来た。

「おばあさん！　パン屋です」

パン屋のキンキン声が聞こえた。

「パン屋かい、いつものとおり置いてってね」

パン屋は、バスケットを置いて、パンを一本取り出すと、ヒョコヒョコはいってきた。二人の少年を見て、おせじ笑《わら》いをした。

「また会いましたねえ、おばあさんに会いにきたんですか？」

そういって、パンを台所に置くと、またヒョコヒョコ戻《もど》っていった。

「さあ、ボールを探しておいで、ミルクもパンも来たから、わたしゃ、またひと眠《ねむ》りするからね」

二人は、ボールを見つけると、ラリイがへいごしに道の方へ投げた。すると、へいの向こうからどなり声が聞こえた。

「わしにボールをぶつけたのは、だれだ！」

グーンさんの怒《おこ》った赤い顔が、ヌウッとへいの上に現《あらわ》れた。二人は、びっくり仰天《ぎょうてん》した。

「あれ、グーンさんに当たったんですか？　ちっとも知りませんでした」

「わしが行くところに、いつでも来ておるが、ここで何しとる！」

「ボール投げしてます」

ラリイはそういうと、ボールをとってピップに投げた。とりそこなって、ボールはへいに当たり、はねかえって、またグーンさんのヘルメットにぶつかってしまった。二人は、あわてて逃《に》げた。

「いやなやつらだ！　うろちょろしおって！」

グーンさんはそういって、大またに、玄関《げんかん》の方へ行った。おばあさんは、ぐっすり寝《ね》こんでいて、いくら大声で呼《よ》んでも目をさまさない。あたりを見回していると、くぎにかかったレインコートが目にはいった。グーンさんにも、子どもたちと同じ考えが浮《う》かんだ。大きなレインコート

――大男――大足――泥棒！

そうっと中にはいって、あたりを見回しているうちに、うっかりシャベルにつまずいた。おばあさんは、ハッと目をさました。

「助《たす》けてえ！　助けてえ！　泥棒！　おまわりさーん！」

「いやいや、その巡査が、調べに来ただけですよ。おたくの息子さんは、何センチのくつをはいてますか？」

これがなおいけなかった。

「いかれてる！　だれか来てえ！」

おばあさんは、ひっくり返《かえ》りそうに、ゆりいすを動《うご》かしながら叫《さけ》んだ。

グーンさんは、あわてて飛び出して自転車に乗ると、あとも見ずに逃げ出した。

14　大きなくつのこと

一方《いっぽう》、ファットは、川べりのクロス大佐《たいさ》の家を探《さが》しあてた。垣根《かきね》のかげからうかがうと、赤い顔をした白いひげの男が庭《にわ》にすわっていた。これがクロス大佐らしい。眠《ねむ》っているとみえて、いびきまで聞こえる。ファットは男の足を見た。すごい！　くつ屋のいったことは、ほんとだ！

（あれじゃ、きっと、二九センチか三〇センチだ。それにゴム底《ぞこ》らしいぞ。いよいよつきとめたかな！　しかし、あの人はどう見ても泥棒《どろぼう》とは思えないな）

大佐がいきなり目をさました。あまり大きないびきをかいて、自分でびっくりしてとび起《お》きたのだ。テーブルクロスのようなハンカチで顔をふくと、垣根からのぞいているファットに気がついた。

「わがはいを起こしたのは、おまえだな。そこで何をしとるか？」

「べつに起こしませんでしたけれど。ただちょっと、だんなの足を見てたんで――」

「なんだと？　足だって？」

「へえ、だんなのくつのいらなくなったのを、いただけないかと思ったんで」

と、ファットは、ていねいにいった。

「わたしは、歩く商売《しょうばい》でして、足がすぐに痛《いた》むんです。だんな、まったくです。わたしの足は大きくて、なかなかぴったりあうくつがないんでがす。古《ふる》ぐつではね」

「ふむ。裏《うら》に回《まわ》って、家政婦《かせいふ》にきけ。なんかあるじゃろ。くつをもらったら、そのぶんだけ仕事《しごと》をしていくんだな。ハックショーン！」

すごい音――まるでウマのくしゃみのようだった。

「ありがとうございます。でも、だんな、外《そと》で眠っちゃ、からだに毒《どく》です。かぜをひきますわい」

そういって裏口に行くと、親切《しんせつ》そうな女の人が、顔を出した。

「こんにちは、奥《おく》さん。大佐におねがいしたんですが、古ぐつをいただけるかと思って――」

「そう、古ぐつならあるかもしれないよ。そんなひどくないのがね。だんな様《さま》は、きのうインドからお帰《かえ》りで、さっそく家中を整理《せいり》なさったばかりだから。いらないものは、みんな昔《むかし》の部下《ぶか》にあげなさるところだよ」

（きのう帰ったんじゃ、この大佐は取《と》り消《け》しだな。それに、泥棒するような人じゃないいや）

と、ファットが考えていると、女の人がくつを持《も》ってきた。ファットは、目を丸《まる》くした。

（ノートに書きとっておいたのと、そっくりの型《かた》だ！　おまけにゴム底だ！）

「だんなは、くつをよく人にあげなさるんですか？」

「くつだけじゃなく、なんでもだよ。だんな様はこわいけど親切でね。でも、外国《がいこく》に行かれてるあいだは、あたしが古物市《ふるものいち》に出しちまうのさ」

「もったいない――こんな大きなくつがあったら、今度《こんど》はとっといてくだせえ」

「去年《きょねん》も一足出したがね。あれならおまえさんにぴったりだったね。けど、だれが、あんなばかでかいくつを買うのかね。ケイさんにいったんだよ。ほら古物市をやってる女の……。『売れないでしょうよ』ってね」

（そのケイさんっていう人に、あの大きなくつを買った人を覚《おぼ》えているかどうか、聞いてみよう。それが泥棒かもしれない！）

ファットは、そう思いながらいった。

「くつをいただいたら、何か仕事をするように、だんなにいわれたんですが」

「そう、じゃ、花だんの草とりでもしてよ。だんなのじゃまをしないようにね」

ファットは、かがんで草とりをしながら考えた。

（フリントン2、ロッズ1……こいつはカギじゃなくて、何かの紙きれが、ノートン屋敷《やしき》の庭にまいこんで来ただけなんだな。ほんとのカギは、くつのあとと手袋《てぶくろ》のあとと——たぶん、十字《じゅうじ》の模様《もよう》のついた奇妙《きみょう》な形だ。でも、大佐のくつのおかげで、それを買った泥棒が見つかったら、あの紙きれも役《やく》にたつかもしれないというわけだな）

ファットがそこまで考えた時《とき》、自転車《じてんしゃ》の止まる音がした。だれかが自転車をおりて、垣根の上から、用心深《ようじんぶか》そうな目つきでのぞきこんだ。ファットが見あげるのといっしょだった。

グーンさんだった！　グーンさんが、垣根からのぞいていたのだ。二人の目があうと、グーンさんはびっくりしてうなった。

（あのじいさんだ！　交番《こうばん》の前のベンチで居眠《いねむ》りしてたのに、今度はこんなところで草とりをしてるなんて……）

グーンさんは、自分で自分の目が信《しん》じられなかったようだったが、ファットのほうは平気《へいき》だ。ニコニコしながら、ぺこりとあいさつした。グーンさんの目は、まるで飛《と》び出《だ》しそうに見えた。

「おまえは、ここで何しとるんだ？」

「草とりでさ、草とりして悪《わる》いっていうんですか」

ファットは、自分が聞こえないふりをしていたことを忘《わす》れて答《こた》えた。

「生意気《なまいき》いうな！」

この大声で、それまで寝《ね》ていた大佐は、驚《おどろ》いて飛びあがった。ふと見ると、グーンさんのテカテカした赤い顔が、垣根の上からのぞいている。グーンさんのほうではまだ気がつかずに、ファットに向かってどなっている。

「いったいこんなところで、何しとるんだ！」

すると、大佐が大声をだした。

「なんだと！　わがはいにいっとるんか？　おまえこそ、そこで何しとるんじゃ。ハハハハックショーン！」

このくしゃみで、グーンさんはやっと大佐に気がついた。ファットはクスッと笑《わら》った。

「これは大佐どの。つまりこのじいさんに、話しとるんです。浮浪者《ふろうしゃ》が、そのへんをうろうろせんほうがよいと思いまして」

「なんのことかさっぱりわからん。せっかく寝てるところを起こして、浮浪者だと？　おまわりなら、もう少しましなことをしたらよかろう」

「実は、ちょっとお話ししたいことがあります」

「泥棒や浮浪者の話なら、聞きたくないぞ。何かいうことがあるんなら、そこからいえ。そのじいさんには、かまわんでよろしい」

ファットは、またクスッと笑った。グーンさんはゴクンとつばをのみこんだ。

「ええ、その、あなたのくつのことをおききしたいと思いまして――」

「ばかもン！」

大佐は、グーンさんをにらみつけた。

「ばかもン！　わしのくつの話だと！　陽気《ようき》のせいで頭がどうかしたのか。あっちへ行っとれ！」

おそろしくなったグーンさんは、あわてて自転車に飛《と》び乗《の》ると、坂をおりた。坂の下で自転車をとめて、あのじいさんが出てくるのを待《ま》つことにした。

ファットは、草とりを終《お》えると、大佐が寝ているのを見て、そっと抜《ぬ》け出《だ》した。古ぐつを首からぶらさげていた。

（早くノートを出して、ゴム底の型を合わせてみたいな！）

それればかり考えていたので、グーンさんが目の前に現《あらわ》れるまで、気がつかなかった。グーンさんは、つかつかっとファットのそばに来て、首からぶらさがっている大きなくつをにらんだ。

「こいつをわしによこせ！」

グーンさんがくつをつかもうとした時、それまで足を引《ひ》きずっていたそのじいさんは、するりと身をかわして、ものすごい勢《いきお》いでかけ出していった。

ファットは、角《かど》を曲《ま》がると、畑の中にはいった。グーンさんの目をくらますためには、大回りをしなければならなかったのだ。

畑を横切《よこぎ》り、さくをこえ、もうひとつ畑を横切り、坂をおりて曲がると、やっと自分の家の門《もん》の前に出た。門をはいって、庭にある自分の小屋の方へかけて行った。

ファットは、小屋にはいってカギをかけた。

「ああずいぶん走ったな。さあ、ゴム底を調《しら》べよう」

15　メハナがついた！

ファットは、手帳《てちょう》を取《と》り出《だ》して、急《いそ》いでページをめくった。くつ型《がた》のスケッチともらって来たくつの底《そこ》をくらべてみた。

「ここに線《せん》があって、その下にふたつの小さな線、ここに長《なが》いすじ、こっちに三本……。同じだ！　まるでそっくりだ！　大佐《たいさ》でないとしても、大佐の古ぐつをはいたやつだ！　去年《きょねん》、ケイさんの古物市《ふるものいち》で、大佐のくつを買ったやつだな！　とうとう手がかりがつかめたぞ！」

ファットは、小屋の中でおどり回《まわ》った。まだ浮浪者《ふろうしゃ》の変装《へんそう》のままで、大きなくつをひとつずつ手に持《も》って、振《ふ》りながらおどっていた。すると、窓《まど》のところで音がした。ファットは、ぎょっとしておどりをやめた。

（グーンさんかな？　お母《かあ》さんかな？）

しかし、どちらでもなく、ラリイの笑《わら》い顔《がお》がのぞいた。ファットは、ほっとしてドアのカギを開《あ》けた。『五人と一匹《いっぴき》』探偵団《たんていだん》の仲間《なかま》が、みんな来ていた。

「ファット、どうしたのよ？　なんか、いいニュースがあったの？」

と、デイジイがいった。

「まず、変装を脱《ぬ》がなくっちゃ。ああ、暑《あつ》い」

「それじゃ、あたしたちの話を聞いてよ」

そういって、女の子たちが話しだした。

「あたしたちが、くつを持って出てきたのを見た時《とき》の、グーンさんの顔ったら、見せたいくらいだったわ。でも、とにかくロッズニイには、大足の人がいなかったの。あたし、この紙きれは事《じ》件《けん》に関係《かんけい》ないと思うわ」

「ぼくもそう思うよ」

と、ラリイがいった。

「ぼくたちも、ロッズウェイで『どいとれ』さんに会ったよ。そっとうしそうな顔してたな。あの家には、大きなレインコートがかかってたけど、くつは小さいんだ」

「さあ、ファット。クロス大佐の家であったこと話してよ」

ファットは、『どいとれ』さんが、垣根《かきね》から顔を出した時のことを、おもしろおかしく話した。

みんな大笑いした。

「あたしも行きたかったわ。それで、くつはどうしたの？」

と、デイジイがきいた。ファットは、大いばりでくつを見せた。

「このゴム底が、だいじなんだ。よく見てごらん！」

ファットは、型をかいた手帳とくつと並《なら》べた。

「そっくりだわ！　でも、まさか、大佐が泥棒《どろぼう》と関係あるわけじゃないんでしょ？」

ファットは、古物市の話をした。

「それを買ったやつが見つかれば、泥棒をつかまえたも同じことさ」

みんなぞくぞくした。ファットは変装を解《と》いて、いつものファットに戻《もど》ってから、みんなにいった。

「さあ、これからどうしよう？　次《つぎ》の行動《こうどう》が、とてもだいじだと思うよ。それに、グーンさんの先回りをしなくちゃならない」

デイジイは、今朝《けさ》変装したグーンさんをからかったことを思い出して、クスクス笑った。かわいそうな『どいとれ』さん！

「だれか、ケイさんを知ってるかい？　去年、古物市をひらいたんだけど、今年《ことし》もやってるかな？」

「ええ、あたしたちロッズニイのくつを持っていったわ。でもファット、あたしたち、古物を持っていったあとで、『去年、大佐のくつを買った人はだれですか？』なんてきけないわ。あやしまれちゃうわよ」

「そんなへまなことはしないさ。とてもいい考えがあるんだ」

と、ファットは、もったいぶっていった。

「ファットのことだから、きっといい考えがあるわ。いつもそうね、ファット」

と、ベッツがいった。

「ぼくは、ケイさんに教《おし》えてあげるんだ。大佐の大きなくつね、あれを去年買った人は、今年も同じ大きさのを買いたいかもしれないってね」

みんな感心《かんしん》して、ファットを見た。それならあやしまれずに、くわしいことを聞きだせるかもしれない。

「そいつはいいや、ファット」

ピップがそういうと、みんな賛成《さんせい》した。ファットは時計《とけい》を見た。

「さあ、話が決まったらおやつを食べよう！　何かもらってくるよ。ベッツ、いっしょにおいで。きみは、うちのコックのお気にいりだから、たくさんくれるよ」

二人は、ふたつのお盆《ぼん》に、おやつをたくさん持ってきた。バスターも、騒《さわ》ぎながらついて来た。バスターは、それまで、じゃまになるので、台所《だいどころ》に閉《と》じこめられていたのだ。

「バスター、ケーキのそばに来ちゃいけない！　デイジイ、バスターを追《お》って。ほらクリームをなめてるよ。今度はビスケットの方へ行った！」

「バスターは、仲間いりしてうれしいのよ」

ベッツは、バスターをつかまえてすわらせた。お菓子《かし》をほおばりながら、ファットがいった。

「ぼくは今夜、ケイさんのところに行ってくる。こいつのおかげで、事件が解決《かいけつ》するなんて、すごいくつだな。七時前に、泥棒の名前を聞き出して帰ってくるよ。帰ったら、ジェンクス警部《けいぶ》に電話《でんわ》しよう。グーンさんにもだ。『事件解決』って知らせよう。――『謎《なぞ》は解かれた』――いつものように『五人と一匹』探偵団の手によって……」

「ばんざーい」

と、ピップは叫《さけ》んでから、あわててベッツにいった。

「こら、そんなにバスターに肉《にく》サンドをやるなよ。ぼくの食べるぶんがなくなるじゃないか！」

「いやなピップ」

ベッツはそういって、もうひとつサンドイッチをバスターにやった。デイジイが手をはたきながらいった。

「ファット、ケイさんって、確《たし》かチビのパン屋のいとこよ。いつもふざけてるみたいなところが、そっくりなの」

ベッツもいった。

「さっき、ロッズニイの古ぐつを持っていったら、ああいう物をすごくいっぱい集めてるのよ。くつのこと、とても喜《よろ》んでたわ。それから古物市《ふるものいち》で、ホットケーキも売るんですって」

「さあ、行こう」

ファットは、立ちあがった。

「ベッツもバスターもおいで」

ファットは、大佐のくつを、茶色の包紙《つつみがみ》で包《つつ》んだ。

「行ってきまーす！　ぼくたち、きっと泥棒の名前を聞きだしてくるよ」

16　がっかり

ファットとベッツは、バスターを連《つ》れて、ケイさんの家へ出かけた。

ケイさんは、中年《ちゅうねん》の女の人でいとこのパン屋の隣《となり》の小さな家に住んでいた。ベッツは、あのチビのパン屋には会《あ》いたくないな、と思った。あのばかげたじょうだんを聞くのは、すっかり飽《あ》きたからだ。

「さあここよ、ファット。いかにも古物市《ふるものいち》をやりそうなところじゃない？　デイジイともそういってたのよ」

ベッツは、庭《にわ》にころがっているこわれたいすや、こわれたせとものをさしていった。門《もん》は、かんぬきがはずれ、ちょうつがいがひとつなかった。

ケイさんが、ドアを開《あ》けて顔をだした。ケイさんも古物みたいだった。いとこのパン屋と同じくらい小柄《こがら》で、調子《ちょうし》がよかったが、身《み》なりはもっとうすぎたなかった。

（古物市のあまりものをぶらさげてるみたい。ビーズのネックレス、破《やぶ》れたスカーフ。ししゅうのとれたベルト、それに、まあ、あの赤いくつしたったら！）

ケイさんは、ねこなで声でいった。

「おはいりなさいな。こんなかわいい坊《ぼっ》ちゃんやおじょうちゃんがみえることは、めったにないんですよ。あら、おじょうちゃん、また来てくれたのね。お利口《りこう》ちゃん」

ベッツは、ケイさんにお利口ちゃんといわれると、ぞっとした。

「今度《こんど》は、何を持《も》ってきてくれたの？」

通《とお》された部屋《へや》は、足の踏《ふ》み場《ば》のないほどだった。

「その包《つつ》みには、何がはいってるの？」

ケイさんは、ちょっと首をかしげた。すると、髪《かみ》にさしていたくしが落ちた。へへへと笑《わら》いながら、あわてて拾《ひろ》った。

「まあまあ、わたしまでこわれそうだわ。あのいとこのパン屋のやつめ、わたしも、古物市に出したら、百円くらいで売れるだろうなんていうのよ。へへ」

と、へんな笑い方をした。ファットは気持ちが悪《わる》くなった。あのパン屋も嫌《きら》いだが、ケイさんはもっといやだ。ファットは包みを開けた。

「まあ、なんて大きいくつだろう。あんたの？　もちろん、じょうだんじゃないわね。まあ、でも、いいくつだこと」

「これは、クロス大佐《たいさ》のです。大佐は、去年《きょねん》も一足出したそうですね。去年買った人が、きっと今年《ことし》も欲《ほ》しいと思って持ってきたんですよ。この前買った人はだれか、ご存知《ぞんじ》ですか」

ベッツは、心臓《しんぞう》がドキドキしはじめた。ベッツとファットは息《いき》をころした。

「まあ、あれは、売れたんじゃないのよ。ちょっと不思議《ふしぎ》なことがあってね」

「なんですって！　売れなかったんですか？」

「そうなの、消《き》えたのよ！　確《たし》かにここにあったのに、いつのまにか消えたの」

「盗《ぬす》まれたのかな？」

「いいえ、そんなことないわ。ほかの物はとられなかった。大きなくつだけ、そこのテーブルの下に置《お》いてあったのよ。値段《ねだん》やなんかつけといたのに——わたしはね、あの親切《しんせつ》なおまわりさんのグーンさんに売りたいと思ったのに」

「だれが盗んだんだろう。ケイさんは知《し》らないんですか？　あれを盗むような大きな足の人知りませんか？　村のやつに違《ちが》いないいな。この家のテーブルの下なんて。よく知っているやつに違いない！」

ケイさんは、またへへへと笑った。

「なんてお利口さんなんでしょうね。あのグーンさんみたいに頭がいいわ。わたしは、だれがとったか知りませんよ。そんな大きな足の人も見たことないわ」

「グーンさんは、そのこと知ってるんですか？」

「いいえ。いとこが、そんな二百円の古ぐつのために、警察《けいさつ》に届《とど》けることなんかないっていうのよ。『おれが半分出してやるから』って、百円くれたから、わたしも百円出して、売上《うりあ》げ金《きん》の箱《はこ》にいれといたんですよ。そうすれば、同じことよね。そうでしょう？」

「そうですね」

と、ファットは答《こた》えた。そんなことはどうでもよかった。

（くつが盗まれた。大きい足の人を探《さが》す手がかりがなくなった！）

「このくつは、持って帰《かえ》ります。またとられるといけませんから。古物市の日に持ってきます」

ケイさんは、いまにも泣《な》きだしそうな顔をした。ファットは、そんなことにならないうちに、あわててベッツと戸口を出た。すると、隣りの庭から、小柄《こがら》なパン屋が声をかけた。

「こんちは、こんちは。名探偵《めいたんてい》、フレデリック・トロットビル坊ちゃまじゃないすか？　泥棒事件《どろぼうじけん》は、解決《かいけつ》しましたか？」

ファットは、坊ちゃまなんていわれるのは大嫌いだから、むっとしてだまっていた。ベッツがかわりに答えた。

「事件はもう解決しそうよ。すぐ解決するでしょうよ。大足の人の名前さえわかりゃ、いいんですからね。今晩中《こんばんじゅう》にはわかるでしょう」

「ベッツ！」

ファットが低《ひく》い声でいった。ベッツは真《ま》っ赤《か》になってだまってしまった。

「そうすか、そうすか、大ニュースを待《ま》ってますよ。二件とも、おんなじ泥棒でしょうねえ。あっしは足あとを見たんすからねえ。ああ、グーンさんが坊ちゃんより先に、泥棒をつかまえるかもしんねえですよ！　メハナはついたんすからねえ。今日パンを届けたら、そういってましたっけ。『わしゃもうメハナがついたよ、トイット』ってね」

「けっこうだね」

ファットは、うるさそうにいって門を出た。パン屋は、ファットの返事《へんじ》が気にいらなかったらしい。

「『けっこうだね』とはおそれいったね。まあ足もとを気をつけなさいよ、坊ちゃん。あんたのことは、グーンさんからたんと聞きましたからねえ」

「だまれ！　トイット」

ベッツもトイットも、びっくりして飛《と》びあがった。

「坊ちゃん。べつにいじめてるわけじゃないんですよ。ほんのじょうだんでさ。あっしも、いとこのケイも、じょうだんが好《す》きでしてねえ」

「つまらないことをいうな！」

ファットは、真っ赤になって怒《おこ》った。それからファットは、ベッツを促《うなが》して、どんどん行ってしまった。ベッツは、ファットの腕《うで》にぶらさがっていった。

「ファット、トイットにあんなことをいって、ごめんなさいね。うっかりしちゃったのよ」

「だいじょうぶだよ」

ファットは、ベッツの手を軽くたたいていった。

「でも、謎《なぞ》を解《と》いてる最中《さいちゅう》は、決して人にいっちゃだめだよ、ベッツ。もしかしたらちょっと失《しっ》敗《ぱい》したかもしれない。トイットとグーンさんは、仲《なか》がいいらしいからね」

「ファット、がっかりした？」

ベッツは、ファットがしょんぼりしているのを見て、とても悲《かな》しくなった。

「うん、がっかりした。もう手がかりがないもの。お手あげだな」

だまりこくって、二人はファットの小屋の方へ、トボトボと歩いていった。

17　第三の泥棒事件《どろぼうじけん》

それから二、三日、『五人と一匹《いっぴき》』探偵団《たんていだん》は、みんなしょんぼりしていた。

「ファット、元気を出してよ」

デイジイがいった。

「ファットが、雨にぬれたニワトリみたいな顔してるのいやだわ！　バスターだってそうよ。まるでしっぽがないみたい！　うしろ足のあいだにぴったりくっついたままなんですもの」

そういわれて、ファットは立ちあがった。

「おい、バスター。いい子だ、バスター。ご主人様《しゅじんさま》は、元気になったぞ！」

ファットが、いつもの元気な声でいったので、バスターは、飛《と》びあがって喜《よろこ》んだ。しっぽをちぎれるほどに振《ふ》って、ほえたり、とびついたりした。ピップの部屋《へや》の中を、ぐるぐる回《まわ》ってから、戸の外《そと》に飛び出し、階段《かいだん》をころげおりて行った。下から、ヒルトン夫人《ふじん》――ピップとベッツのお母《かあ》さんの声がした。

「ピップ、ファット！　バスターをつかまえて。どうかしてるようよ――。あら、また来たわ。どうしたっていうんでしょう」

バスターは、またすごいスピードで階段をあがってきて、やっと、いすの下にもぐると、ハアハアいって寝《ね》そべった。

みんな元気が出た。ファットが時計《とけい》を見た。

「オリーバーの店に行って、ソーダ水を飲《の》もう」

「うん、さんせーい」

みんな急《きゅう》に元気が出て、オリーバーの店に行った。エクレアやシュークリームやチョコレートを食べながら、おしゃべりをした。おなかがいっぱいになったので、ファットの家に帰《かえ》り、小屋の方に歩いていくと、前を歩いていたバスターが、急にほえだした。

「どうしたんだ、バスター」

ファットは、びっくりしてかけだした。ピップとラリイもやって来た。カギをかけておいたはずの戸が開《あ》いている。ファットが、中に飛びこんだ。中はくしゃくしゃになっていた。洋服《ようふく》が引《ひ》っぱり出され、ひきだしはからになり、何もかもごったがえしていた。ファットが叫《さけ》んだ。

「お金もない！　ママのお誕生日《たんじょうび》のために貯金《ちょきん》しといた千円なのに！」

ベッツは、ワッと泣《な》きだした。

「ナイフもない！　銀のやつだ！　それから変装《へんそう》の時《とき》使ったたばこいれがない」

「ファット、どうしたらいいかしら？」

と、いって、ベッツはまた泣いた。

「ベッツ、やめろよ。赤《あか》ん坊《ぼう》みたいに泣くんじゃないったら。役《やく》にたたないなら家へ帰れ！」

兄《にい》さんのピップにそういわれて、ベッツは外に出て、涙《なみだ》をのみこんだ。そして、急に叫んだ。

「ファット、ファット、早く！」

ファットは、あわてて飛び出した。みんなついて来た。ベッツは小屋のそばの、ぬかるみを指さした。足あとだった！　大きな足あとだ！

「ややっ、またあの泥棒だ！　同じ足型《あしがた》だぞ。ゴム底《ぞこ》のあとをよく見てごらんよ！」

「手袋《てぶくろ》のあともあるの？」

と、デイジイがきいた。

「ないんじゃないかな。あとのつくような壁《かべ》なんかないもの」

「あったわ！　ごらんなさい！」

デイジイの指さした方を見ると、ファットが小屋の中にかけて置《お》いた鏡《かがみ》の上に、大きな手袋のあとがあった！

「あとを残《のこ》すのが好《す》きな犯人《はんにん》だな。『わたしは泥棒です。これがわたしの印《しるし》です』っていうみたいだな」

と、ラリイがいった。

「同じやつらしい。何も動《うご》かさないで、よく調《しら》べよう。謎《なぞ》の事件がまたやって来たね。今度はうまくいくかもしれないぞ」

と、ファットがいった。

「まず、この足あとは、前のと本当に同じかどうか、はかってみよう。ノートン屋敷《やしき》の時と、ウィリアムさんの時とね」

もちろん、まったく同じだった。手袋のあとも同じだった。

「今度は、しゃがれたせきをしたかどうかは、わからないね。紙きれはなかっただろう？　ファット」

「ない。ウィリアムさんのところにもなかったからね。紙きれは、泥棒に関係《かんけい》ないっていう気がするよ」

デイジイは、そのへんをうろうろしていたが、植《う》えこみの下に、もうひとつあとがあった。

ファットは、しゃがんで調べた。しめった土の上に、十字《じゅうじ》の模様《もよう》のはいった、丸《まる》いあとがあった。

「同じだ」

ファットは、その型を写《うつ》しとったノートと照《て》らし合わせて叫んだ。ピップは、ひたいにしわをよせて考えながらいった。

「ぼくは、泥棒事件とは別に、ほかのとこで、こんなあとを見たような気がする。どこだったかなあ」

「ほんとかい！　ピップ、思い出してくれよ。役《やく》にたつかもしれない」

でも、ピップは、みんなが泥棒のことを聞き歩いていた日に、どこかで見たようだ、ということしか思い出さなかった。

ファットは、ため息《いき》をついた。

「もう、これ以上手がかりはつかめそうもないな。ただわかったことは、泥棒の手口はいつも同じだっていうことだ。大きな足あと、手袋のあと、奇妙《きみょう》な十字模様のあと、細《こま》かいものが盗《ぬす》まれていること」

「泥棒は、どうやって小屋に来たのかな、裏門《うらもん》からはいって来たのかな？　それとも、前の方から来たのかな？」

「植えこみに、へんな印があるとすると、庭の方から来たのかな。だけど、大きい足あとは小屋のまわりだけだよ」

「そうだ。裏門からそうっとしのびこんだんだ——家から見えないようにね」

「コックやお手伝《てつだ》いさんに、だれか見なかったか聞いてみよう」

と、ファットがいった。

「知《し》ってるかもしれない。今日の午後だれが来たか、聞いてみよう」

「それはいい考えだ」

と、ラリイが相《あい》づちをうった。

「行こう。つきとめてやろう」

18　予告《よこく》

『五人と一匹《いっぴき》』探偵団《たんていだん》は、台所《だいどころ》に押《お》しかけていった。お手伝《てつだ》いさんはいなかったが、コックのおばさんは、五人の子どもが、バスターまでしたがえてやって来たので、目を丸《まる》くした。

「まあ、おやつってわけじゃないんでしょうね。いまは、六時十五分前ですよ。それに……」

「おやつじゃないよ。ちょっとききたいことがあるんだ。今日《きょう》の午後、物置小屋《ものおきごや》をかき回《まわ》したやつがいるんだ。見なかった？」

「まあ、また浮浪者《ふろうしゃ》が来たんじゃないでしょうね。このあいだ、きたないやつが歩いてたんですよ」

（ファットのことだな）

みんなそう思ってニヤニヤした。

「いや、今日のことだよ。だれも見なかった？」

「だあれも、来ませんでしたよ。わたしは、一日こうして窓《まど》のところにすわってましたけどね」

「おばさん、居眠《いねむ》りもしなかったの？　よくしてるじゃない」

「そりゃ、二、三分はしましたかね」

と、おばさんは笑《わら》った。

「こんな暑《あつ》い日は、ついうとうとしますけどね。ご用聞きがくれば、すぐ目がさめますよ」

「ご用聞きって、だれ？」

「いつものとおり、食料品屋《しょくりょうひんや》の女の子と牛乳屋《ぎゅうにゅうや》とパン屋——ええと、ガス屋も来たかな？　あれは朝のうちだったわ」

「それから？」

「そうそう、グーンさんが奥様《おくさま》に用がある、って来たわね。でも奥様はお留守《るす》で……。そこへちょうど、パン屋が来たもんで、二人でおもしろそうに話してましたよ」

「グーンさん、何しに来たんだろう？」

ファットは、台所を出てからいった。ちょうど台所の戸口を回った時《とき》、デイジイが、「あらっ！」と叫《さけ》んで指さした。ぬれた土の上に、茂《しげ》みの中にあったのと同じ大きなくつのあとがあった。

「やっ！　犯人《はんにん》は、台所の方にも来たんだな！　なぜだろう？」

と、ファットがいった。

「おばさんは、ご用聞きのほか、だれも来なかったっていったのにね。犯人はここに来てのぞいて、おばさんが居眠りしてるの見てから、小屋に行ったんじゃないかな」

「どうしてここだけ、大きい足あとがあるのかしら？　庭《にわ》の入口のほうには、小さい足あとばかりなのに」

と、デイジイが首をかしげた。

「まさか、グーンさんじゃないわね」

と、ベッツがいった。

「ばかなことというもんじゃないよ」

と、ファットがいった。

「グーンさんが、そんなことするはずないのは知《し》ってるだろ？」

「そうね。じゃ、牛乳屋さんたちに、だれかに会《あ》わなかったか聞いてみたら？」

ファットは首を振《ふ》った。

「牛乳屋や食料品屋は、大きなくつをはいた人がうろうろしているのを見たら、きっとおばさんにいっただろうよ。あのパン屋に聞くのなんか、まっぴらだ。ぼくが泥棒にやられたなんていったら、喜《よろこ》ぶかもしれないからな」

「そうね」

ベッツは、パン屋のヒョコヒョコ歩きを思い出して、うなずいた。

「だれにも知らせないことにしよう。グーンさんにもだ。小屋に来て、いろんなものをさわられたらいやだからね。グーンさんは、ぼくの変装《へんそう》の道具《どうぐ》が見たいから、つけひげや、まつ毛や、かつらなんか、ついでにつまんでみるだろうしさ！」

「みんな、このことについては、だれにもいわないことにしよう」

ラリイもうなずいていった。

「泥棒は、戸のカギをこわしたのよ。これからどうやって戸じまりするの？　ファット」

ベッツは、心配《しんぱい》そうにきいた。

「ナンキン錠《じょう》を買ってくるよ。金物屋《かなものや》に売ってるから」

七時十分前に、ファットと仲間《なかま》たちは金物屋へ行った。じょうぶそうなカギを買って、店を出てきたところを、うしろから声をかけられた。みんな飛《と》びあがるほどびっくりした。第一回目の夜回りに出た、グーンさんだった。

「ほう！　ナンキン錠かね！　フレデリック君。そんなものがなぜいるのか知らんが、とにかく気をつけたほうがいいぞ！」

「グーンさん、気をつけるってなんのことです？」

「泥棒が、今度《こんど》はきみの家をねらっとることが、わしにはわかったんでな」

グーンさんは、もったいぶっていった。

「さっき、きみのお母《かあ》さんに知らせにいったんだぞ。今夜《こんや》は、よく戸じまりしとくんだな。そうそう、玄関《げんかん》の前に、あのうるさいイヌをおいとくといい」

（泥棒は、もうはいっちゃったのに、グーンさん、いばってらあ！）

そう思いながら、ファットは、すましてきいた。

「どうしてそんなことわかったんですか？」

太《ふと》ったグーンさんは、ボタンがはじけそうな制服《せいふく》のポケットから、手帳《てちょう》を出した。みんなじっと見守《みまも》った。グーンさんは、手帳にはさんであったきたない紙きれを、ファットに渡《わた》した。

「もちろん、あんまり、気にせんでもいいだろ。今夜は、わしも特別《とくべつ》にきみの家のあたりを警戒《けいかい》するつもりだからな」

紙きれには、ヘタクソな字が書いてあった。

『**つ・ぎ・は・と・ろ・っ・と・び・る――大足より**』

ファットは、だまって紙きれをみんなに回した。

「グーンさん、前の紙きれを持《も》ってますか？　ノートン屋敷《やしき》で見つけたの。『**フリントン2、ロッズ1**』と書いてあるの。これとくらべたらどうでしょう」

グーンさんは、きげん悪《わる》そうに鼻を鳴《な》らした。

「わしが、くらべないはずがあるかね。しかし、これは平がなで、あれは片かなだから、くらべようがないがね」

「そんなことないと思いますよ、グーンさん。よかったらぼくがくらべてあげましょうか」

「ばかめ！　なんでも知ったかぶりをしおって！」

グーンさんは、にらみつけたが、それでもポケットを探《さが》して、一枚の紙きれを出した。

「ぼくは、字のことじゃなく、紙のことをいってるんです。ほら、まるっきりおんなじですよ。

同じ人が書いたんです。この紙きれはカギだ。二枚とも同じノートを破《やぶ》った紙ですよ」

グーンさんは、つばをのみこんだ。そしてポケットに紙きれをつっこみながら叫んだ。

「わ、わしが、気がつかんと思うのかね！」

19 グーンさんについて

ファットは、じっと考えこんで歩いていた。ほかの子どもたちも、バスターも、だまっていた。ラリイの家の曲《ま》がり角《かど》に来た時《とき》、ファットがいった。

「泥棒《どろぼう》は、なぜこんなものよこしたんだろう？　もう盗《ぬす》んじゃったのに……」

「グーンさん、いつ手にいれたのかしら？　それについては、何もいわなかったわね」

「ぼくは、だいじなことを、なんにもきかなかった。二枚とも同じ紙なんで、びっくりしちゃったんだ。戻《もど》ってグーンさんに聞いてくるよ」

「また、謎《なぞ》の事件《じけん》がはじまったの？」

「そうなんだよ、ベッツ。どうしてもこの大足をやっつけるんだ。みんなが見張《みは》ってるっていうのに、ぼくのうちまで来るとは、すごい心臓《しんぞう》だな！　だれも知らないうちに、とったものを持《も》って、出ていったなんて」

「きっと、透明人間《とうめいにんげん》なのよ！」

ベッツが、自信《じしん》たっぷりにいった。

「見えない泥棒！　大足の泥棒！　謎の事件だ」

みんなと別《わか》れてから、ファットは、もう一度《いちど》グーンさんのところへ行った。グーンさんは鏡《かがみ》の前にすわって、その日手にいれたばかりの変装用《へんそうよう》のつけひげを試《ため》しているところだった。ちょうど、立派《りっぱ》なひげの先をひねったところで、ドアをノックする音がした。グーンさんは、窓《まど》からのぞいた。すると、ファットが立っていた。

「なんの用かね」

その声で、ファットが見あげると、口ひげのこわい顔がのぞいているので、ギョッとした。でもすぐグーンさんとわかった。目が飛《と》び出《だ》しているからだ。そこでわざとすましてきいた。

「あのう、ぼくはトロットビル――フレデリック・トロットビルです。グーン巡査《じゅんさ》にお目にかかりたいのですが、おいそがしいでしょうか？」

「おいそがしくていらっしゃるぞ」

と、ひげをあげたりさげたりして、グーンさんは答《こた》えた。

「それは残念《ざんねん》です。重大なことですが」

「会《あ》ってくださるかどうか、うかがってみよう」

そういって、ひげの顔がひっこんだ。そして、すぐにグーンさんがひげをとって出てきた。

(わしの変装がわからんかったとみえる。ファットも案外《あんがい》ぬけとるな)

「こんばんは、グーンさん。お友達《ともだち》がいらっしゃっていたみたいですけど、いいですか?」

「かまわんよ。あの友達は、心配《しんぱい》ない。ところでなんの用だ?」

「ふたつめの紙きれが、どうやって手にはいったか、うかがうの忘《わす》れたんですけど」

「いつどこから来たのかは、わからんな。わしが、重要書類《じゅうようしょるい》を調《しら》べとるあいだに、牛乳屋《ぎゅうにゅうや》と、パン屋が来おったが、あとで見たら、牛乳びんの上にあの紙きれがのっておった。」

「わかりました。つまり、牛乳屋とパン屋の来たあとにあったんですね。パン屋の来た音、聞いたんですか?」

グーンさんは、午後中、居眠《いねむ》りをしていたのだが、ファットにはいえない。

「もちろん、聞いたはずだ。ただ、わしは、非常《ひじょう》に重要な書類を調べとったんでね。たぶんいつもの時間、つまり三時頃《ごろ》来たんだろ」

「ありがとうございます。聞きたいことはそれだけです。さっきのグーンさんのお友達によろしく」

「よし、よし」

「よさそうな人ですね」

「さよう、立派なひげだったろ？」

「すごいひげでした。あんなすごいひげを見たことないです。まるで、つけひげみたいでした」

グーンさんが、口の中でモグモグいってるあいだに、ファットは帰《かえ》ってしまった。

その夜、ファットは、夕食を済《す》ますと自分の部屋《へや》に閉《と》じこもって考えた。

（泥棒はだれだろう。――どうやって姿《すがた》を隠《かく》すのだろう。――なぜほうぼうに足あとを残《のこ》すのだろう。――それから、なぜ今度《こんど》だけ、知らせたりするのだろう？）

ファットは、ベッドにはいるとすぐ眠った。しかし夢《ゆめ》うつつの中で、いろいろのものが、行ったり来たりした。牛乳の車、牛乳びんの上の紙きれ、パン屋のバスケット、大きなくつ、しゃがれたせき、大きな口ひげ……。

いきなりバスターがほえた！　ファットはとび起《お》きた。

（なんだ？　また泥棒かな。ぼくの小屋だけでは満足《まんぞく》しないで、本当《ほんとう》にうちにはいるのか？）

ファットは、ガウンを引《ひ》きずりながら、急《いそ》いで階段《かいだん》をおりた。バスターは、早く開《あ》けてくれというように、戸をガリガリひっかいた。

「泥棒だったら、やっつけるんだぞ、いいか、バスター」

ファットが戸を開けてやると、バスターは矢のように飛《と》び出《だ》していった。

すると、庭《にわ》の方から大声が聞こえた。

「あっち行け！　どいとれ！」

「『どいとれ』さんだ！　バスター、こっちへ来い！」

ファットの声で、両親《りょうしん》も起きてしまったらしい。

「フレデリック！　どうしたんだ？」

お父《とう》さんもお母《かあ》さんも階段をおりて来た。バスターは、ファットの腕《うで》の中で飛び出したくてもがいていた。そこへカンカンになったグーンさんが現《あらわ》れた。

「イヌをけしかけるとはどういうつもりだ！　わしは、仕事《しごと》でこの家を警戒《けいかい》しとるのに！」

トロットビル夫人は、びっくりしてファットにいった。

「グーンさんは、なんのご用なの？」

「わしは、用じゃない。ご承知《しょうち》のとおり、わしは、職務《しょくむ》で警戒にあたっとるんです。あの知らせのためにな」

「なんの話だ？」

トロットビル氏――ファットのお父さんはきいた。

「大足の『知らせ』を、知らんのですか？」

（あんな重大なことを、ファットは、父親に話さんのだろうか？）

グーンさんはびっくりした。

「いったいなんのことをいってるんです？」

と、トロットビル氏がいった。

「グーンさん、大足だか大頭だか知らんが、とにかく明日《あす》の朝にしてもらいたいですな。いまは夜中《よなか》ですぞ」

グーンさんが、鼻を鳴《な》らして何かいおうとした時、トロットビル氏はバタンと戸を閉《し》めてしまった。

グーンさんは、ブツブツと怒《おこ》りながら戻《もど》っていった。

「それでもわしは、職務《しょくむ》をはたさなければならんのだ。あいつらが、どんなにいまいましい者どもでもな。わしは義務《ぎむ》を忘《わす》れたりしないぞ」

20　ピップのいたずら

次《つぎ》の朝、ファットは、すっかり気がめいっていた。朝食もだまって食べていたので、お母《かあ》さんは心配《しんぱい》してたずねた。

「具合悪《ぐあいわる》いんじゃないの？　フレデリック」

「何かいった？　ああそうか、ぼくはなんともないよ。ちょっと考えてただけ」

「また、へんな事件《じけん》に巻《ま》きこまれないようにしてちょうだいよ」

ファットは、何もいわなかった。

（泥棒《どろぼう》は、ぼくたちのことを知《し》ってるやつのような気がするな。ぼくたちの、知ってるやつかもしれない。姿《すがた》を隠《かく》す術《じゅつ》をこころえていて、次の犯行《はんこう》を知らせたりする心臓《しんぞう》の強いずうずうしいやつだ。――ケイさんのところの、あのくつが盗《ぬす》まれなかったらなあ）

「フレデリック、今朝《けさ》はどうしても床屋《とこや》に行ってこなくちゃ。伸《の》びすぎましたよ」

「わかったよ、お母さん」

「電話《でんわ》をかけておきなさい。そうすれば待《ま》たないで済《す》むでしょ」

そんなわけで、十時に、仲間《なかま》たちがファットの小屋に集まってきた時《とき》、ファットはゆううつそうだった。

「床屋《とこや》に行かなくちゃいけないんだ。三〇分ぐらいで戻《もど》るけどね。ここで待っててもいいし、アイスクリームを食べててもいいよ」

「とにかく待ってるから、早く行ってこいよ。でもあれから何かあったかい？」

と、ラリイがきいた。

「何もない。……グーンさんが、夜中《よなか》に、泥棒が来ないか見にきただけだ。ぼくは、てっきり泥棒かと思って、バスターを出したんだ。そしたらグーンさんに飛《と》びついてね」

みんなニヤニヤした。ファットもつられて、ちょっと元気になった。

「みんなどうする？　ここで待ってる？」

「ここで待ってるよ。すぐ帰《かえ》ってきてくれよ」

ファットは行ってしまった。こんなふうに、ファットがしょんぼりしていると、探偵団《たんていだん》は、景《けい》気《き》が悪くなる。

「何か、ファットを喜《よろこ》ばせることとしましょうよ」

と、ベッツがいった。

（ファットをおどかすいい考えはないかな）

ピップは、ファットの小屋にはいって、あたりを見回《みまわ》した。クロス大佐《たいさ》のうちからもらって来た、大きなくつがぶらさがっていた。

ピップは、パチンと指を鳴《な》らすと、ゴムぐつを脱《ぬ》いで、大きなくつをはいた。歩くたびにガバガバと音がした。ピップは、みんなに見つからないように、そっと小屋を出た。

ファットは、小屋の近くの裏木戸《うらきど》から戻ってくるはずだ。その裏木戸のそばには畑があった。

ピップは、畑の方に歩いていった。畑の耕《たがや》した土の上に、あちこち二、三歩ずつ足あとをつけてみた。

（よし！　まるで、大足泥棒が来たようだ）

　ピップはニヤッと笑《わら》った。あとふたつ三つ、ぎゅっと足あとをつけてから、こっそり小屋に戻った。そこで大きなくつを脱ぎ、自分のくつとはきかえて、何くわぬ顔でみんなの前にやって来た。

「ファットを迎《むか》えにいかない？　すぐ近くだから」

「行こう！」

　ラリイ、ベッツ、デイジイはすぐ賛成《さんせい》した。四人が連《つ》れだって床屋の方に歩いていくと、向《む》こうからファットがやって来た。

「やあ、迎えにきてくれたのか」

　ファットは、うれしそうにいった。

「よし、じゃ、お礼《れい》にアイスクリームをおごろう！」

「だめよ、ファット。あなたったら、いつもあたしたちのためにお金使《つか》ってばかりいるじゃないの」

と、デイジイがいった。ファットは、首を振《ふ》って、さっさと店へはいっていった。四人もあとに続《つづ》いた。

　ピップは、アイスクリームを食べながらジリジリしていた。

（早くみんな食べないかな。庭師《にわし》が来てほり返しちゃうかもしれない）

「さあ、裏木戸の方から行こう。あっちのほうが近いからな」

ピップの考えたとおり、店から出たファットは、そういって歩きだした。ベッツは、バスターといっしょに、先にたって走っていった。そして、木戸をはいったところで、びっくりして立ちどまった。あとから来たファットも、足あとに気がついた。ファットは、自分の目が信《しん》じられないというふうに目をみはった。ラリイもデイジイもびっくりして見た。

「やあ！　どうしたんだろう。新《あたら》しい足あとだ！」

ピップがニヤッとしたが、だれも気がつかなかった。みんなの目は、足あとに吸《す》いつけられていたから。

「泥棒が来たんだわ。あたしたちのいないまに！」

「庭師が来ているから聞いてみよう」

子どもたちは、大急《おおいそ》ぎで庭師に近づいて、だれか見なかったかどうかたずねたが、だれも来ないという返事だった。

「また透明人間《とうめいにんげん》だ！　見えない泥棒だ。」

ファットは、虫めがねを出して足あとをたんねんに調《しら》べた。

「へんだな、どうもわからない。大きさは同じで、ゴム底《ぞこ》だ。でもよく見ると底の模様《もよう》がほんの少し違《ちが》う。泥棒も、今度《こんど》は同じくつをはかなかったんだな」

(ファットは頭がいいな)

と、ピップは思った。ファットはまだ考えこんでいる。

「いったい、どんなつもりで畑なんか歩き回ったんだろう?」

ピップは、『ファットをかついでやろうと思ってさ!』といいたいのを、やっとがまんした。

ベッツが横《よこ》からいった。

「ピップ、何ニヤニヤしてるの?」

「な、な、なんでもないさ」

ピップは、あわてて答《こた》えた。

「これからは、いつ足あとが出てくるかわからないから、気をつけようぜ」

ファットがそういうと、ピップは、とうとうウフッと笑ってしまった。ファットは、ぴくりと目を動《うご》かして、ピップを見つめた。

「ピップ!」

「あの――いや、ぼくは――」

ピップは、口をモグモグさせていいのがれようとしたが、もうファットは感《かん》づいていた。

「さては、やったな、ピップ。こいつはきみだろう?」

「ああ、ごめんよ。この足あと、ぼくがつけてみたんだ。すっかりかつがれたね」

ピップは、みんなに向かってていねいにおじぎをした。

「この足あと、あの大きなくつをはいて、ぼくがつけました。ごめんなさい」

21 二時半に会《あ》おう！

デイジイとベッツは、ピップをげんこでやっつけた。バスターまで、いっしょになってワンワンほえた。ふと気がつくと、ファットだけは、だまって、木と木のあいだをじっと見つめていた。みんな、急《きゅう》にしずかになった。

「ファット、怒《おこ》ってるの？」

と、ベッツがおそるおそるきいた。

「怒ってるさ！　だけどピップのことじゃない。泥棒《どろぼう》のことだ。あいつのやり方《かた》がわかったんだ！」

みんな、あっけにとられた。

「まだ、わからないのかい？　ピップは、自分のくつを脱《ぬ》いで、大きいくつをはいた――そのくつで、畑の中を歩き回《まわ》っただけさ。ピップの足は、ベッツの足とあまりかわらないのに、ぼくたち大足のやつばかり探《さが》してたんだ。犯人《はんにん》は、笑《わら》ってただろうな。こいつはきっと、小さい足で、小さい手なんだよ」

「大きい手足と思わせるために、大きな手袋《てぶくろ》まではめてたっていうの？」

「もちろん！」

みんなの心《こころ》にも、光《ひかり》がさしこんできた。

「でも、犯人はだれかしら。大足じゃないっていうことは、わかったけど」

「それに、へんなせきね。それとあの紙きれはどう？　ファット。事件《じけん》に関係《かんけい》あるかしら？」

「みんな考え合わせてごらんよ。ぼくは……。そうだ！」

「何？」

みんな、いっせいにいった。

「わかった！」

ファットは、興奮《こうふん》して叫《さけ》んだ。

「だれ？」

「間違《まちが》うといけないからいえない。もう少し考えるよ。でもたぶん、間違いないと思うよ！」

ファットがいわないので、みんなブツブツいった。

「もし、ぼくの考えが正しければ、いままでのカギは、ぜんぶ事件に関係ある。十字模様《じゅうじもよう》の丸《まる》い型《かた》もね。犯人が、だれにも見つからずに、どうやって大きいくつをはいたか、品物をとっていったかもわかった。頭がいいやつだよ！」

「だれなのさあ？」

ベッツは、ファットの腕《うで》をゆすぶった。

「待《ま》ってくれ。もう少し考えなくちゃ。細《こま》かい点までね。——重大なことだから。午後になったらきっと話す。二時半にここで会おう！」

こういって、ファットは、バスターといっしょに小屋にはいると、戸を閉《し》めてしまった。みんな顔を見合《みあ》わせた。ファットのやつ！

すると、ファットは、またちょっと戸を開《あ》けて、顔を出した。

「ぼくが考えるぐらいのことは、きみたちだって考えられるさ。ぼくと同じだけカギを持《も》ってるんだから。頭を使《つか》って、解決《かいけつ》してごらんよ」

そういって、また、戸を閉めてしまった。

「無理《むり》いうなよ」

と、ピップは、土をけりながらいった。

「ぼくのいたずらが、役にたったらしいっていうことしかわからないよ。ファットのいうように、泥棒は大きすぎるくつをはいていたんだろ」

「そうね。ファットの考えは正しいと思うわ」

デイジイは、そういって立ちあがった。

「さあ、行きましょうよ。ここでうろうろしてちゃ、ファットの考えるじゃまになるわ。グーンさんより先に、ファットが解決してくれるといいわね」

それから、『五人と一匹《いっぴき》』探偵団《たんていだん》の一人ひとりが、一生懸命《いっしょうけんめい》考えた。ファットはだれよりも熱心《ねっしん》に考えた。いくつかのカギを考え合わせると、だんだんと事件の様子《ようす》がはっきりとしてきた。

ファットは、午後早く、ジェンクス警部《けいぶ》に電話《でんわ》して、二時半に来てもらえないかと頼《たの》んだ。

「というと、きみたち、あの泥棒事件――つまり大足の見えない犯人事件を解決したっていうわけかね？」

「そうなんです。グーンさんにも、来てもらってもいいですか？　グーンさんも、つまりその、とてもよく調《しら》べていたようですから」

警部は笑った。

「もちろんいいよ。二時半に、きみの家だね。わかった」

グーンさんも呼《よ》ばれた。グーンさんは、びっくりしたようだったが、警部も来ると聞いて、しかたなさそうに承知《しょうち》した。

二時半きっかりに警部が来た。トロットビル夫人《ふじん》は、外出《がいしゅつ》していた。次《つぎ》にグーンさんが着《つ》いた。それから探偵団の仲間《なかま》たちが来た。ジェンクス警部と、グーンさんが、ファットの勉強部屋《べんきょうべや》に集まっているのを見てびっくりした。

「どうしてこの部屋を使うの？　いままでだれもいれなかったのに。なんかわけでもあるの？　ファット」

と、ベッツがたずねた。

「いや、べつに」

と、いってから、ファットはみんなのほうを向《む》いた。

「みなさん集まったのではじめます。犯人《はんにん》が、だれだかわかったんです」

グーンさんが、のどの奥《おく》で何かいった。「ばかな！」というように聞こえたが、だれも気にしなかった。ファットは続《つづ》けた。

「ぼくたち、はじめにいくつかカギを見つけました。――大きな足あと、大きな手袋のあと、『**フリントン2、ロッズ1**』とかいた紙きれ、土の上についているへんな丸い印《しるし》。それだけです」

ファットは息《いき》をついた。

「さて、問題《もんだい》は、だれもこの泥棒を見たものがない。――そのくせだれでも見ているようなところにいる。――しかも、ピーターズウッド村で一番《いちばん》大きな足だ。もちろん、グーンさんとクロス大佐《たいさ》をのぞいて――」

グーンさんは、思わずいすの下に足を隠《かく》そうとしたが、うまく隠れなかった。

「ぼくたち、カギをひとつずつ調べました。フリントン荘《そう》にも行きました。ロッズではじまる名前の家もたずねました。くつ直《なお》しに行って、大きなくつをはく人を調べ、クロス大佐のことを教《おし》えてもらいました。グーンさんもぼくも、大佐のところに行きました。グーンさん、ぼくが草とりしてる時《とき》、来ましたね」

グーンさんは、ジロッとにらんだ。

「大佐は、古《ふる》ぐつをくれて、去年《きょねん》も古物市《ふるものいち》にくつを出したといいました。ぼくは、そのくつをだれが買ったか調べれば、犯人がわかるはずだと思いました」

グーンさんはへんな声をだしたが、せきばらいでごまかした。

「ところが、そのくつは盗《ぬす》まれたんです。犯人が、あとで使うために盗んだと考えていいでしょう。ぼくはがっかりしました」

「でも、そのあと、ピップがいたずらしたのよ。泥棒のやり方で――」

と、ベッツがいった。ファットは笑ってベッツの方を見た。

「ピップのいたずらを見て、思いついたんです。犯人は、自分の小さいくつをはいたまま、大きなくつをはいて、大きな足あとをつけて大足と思わせたんです。手袋もね」

「ふうん！　よく気がついた。フレデリック！」

「そこで、ぼくは、考えをかえて、小さいやつを探しはじめました。――ぼくたちの家にいつも来て、だれも疑《うたが》ってもみないやつ！」

グーンさんは、からだを前に乗《の》りだした。

みんなも、ファットをじっと見た。さあ、ファットは、泥棒の名前を教えてくれるだろう！

しかし、ファットは何もいわなかった。そのまま話をやめて、聞き耳をたてた。門《もん》の開《あ》く音がして、台所《だいどころ》の方に向かって部屋の外《そと》をだれかが通《とお》った。

「みなさん！　よろしければ、犯人をご紹介《しょうかい》しましょう」

ファットは、立ちあがった。庭《にわ》に向いたドアを開けていった。

「こんにちは。ちょっとはいりませんか。用《よう》があるんです」

バスケットを持った、小さな男がはいってきた。

――パン屋のトイットだった！

22　よくやったぞ、ファット！

「トイット！」

グーンさんは、びっくりして、いすから半分立ちあがっていった。警部《けいぶ》はじっと見つめた。子どもたちは口を開けたままだった。バスターがワンワンほえて、トイットに飛《と》びついた。

「おすわり！　バスター、いすの下にはいれ」

ファットが命令《めいれい》した。トイットは驚《おどろ》いて見回《みまわ》した。

「これは、これは、どうしたんすか？　あっしは、仕事《しごと》がありますんでねえ」

「すわりたまえ。ちょっときみに用《よう》がある」

警部がいった。

「きみ、バスケットを下に置《お》いてそう、布《ぬの》きれをとって！」

ファットにいわれて、トイットはしぶしぶ布をとった。パンが重《かさ》ねてあって、その下にもう一枚布があった。

「パンをとって、テーブルの上に置け！　下の布きれもとれ！」

「どういうわけで？　あっしは、仕事中で、パンをよごしちゃ困《こま》りますよ」

「いわれたとおりにしろ！　トイット！」

と、警部がいった。トイットはゆっくりパンを出し、テーブルの上に置いた。下の布もとった。

ファットは、バスケットの底《そこ》をのぞいた。そして、そこにつめこんであったものを取《と》り出《だ》した。

——大きなくつと、大きな手袋《てぶくろ》！

ファットは、それをテーブルの上に置いた。トイットは、いすにがっくりと腰《こし》をおろして、震《ふる》えはじめた。

「こうやって、くつと手袋を持《も》ち歩いていたんです」

ファットは、くつをつまみあげて裏返《うらがえ》してみた。警部さんは、ノートン屋敷《やしき》でトンクスがかきとった、花だんの上の足あとのあるノートを出した。ゴム底をくらべてみて、うなずいた。ファットは、震《ふる》えているトイットのほうに向かった。

「注文《ちゅうもん》を書く手帳《てちょう》を出してごらん」

トイットは、ポケットに手をつっこんで、きたないノートを出した。ファットは、パラパラとながめながら、グーンさんにいった。

「グーンさん、紙きれを持っていますね」

グーンさんから紙きれを受《う》け取《と》ったファットは、ふたつをくらべていった。

「ノートン屋敷で見つけた紙きれは、トイットがパンの注文を書いておく紙と同じです。――フリントン荘《そう》に二本、ロッズウェイに一本って、注文のパンの数《かず》を書いておいたのを、うっかりノートン屋敷の庭《にわ》で落としたんだ」

グーンさんは、ファットから紙きれと手帳を受け取って叫《さけ》んだ。

「パンの注文の数とはな！」

「ぼくもなかなかわからなかった。いろいろのカギを考え合わせて、ある人――トイットが頭に浮《う》かぶまではね」

「ちょっと待《ま》って」

と、ラリイがいった。

「ノートン屋敷で、トイットが、ジニイに見られないで二階《にかい》からおりたのは、どういうことだろう?」

「それはたぶん、あの小さな窓《まど》から這《は》い出《だ》して、雨《あま》どいを伝《つた》わっておりたんだ。トイットぐらい小さければできるだろう」

「しかし待《し》てよ、ファット。わたしとトンクスが、あとで家を回って見た時《とき》には、あの窓はちゃんと閉まっていたよ」

と、警部がいった。

「雨どいをすべりおりて、盗《ぬす》んだ品物を投《な》げておいたところに走っていき、くつや手袋を脱《ぬ》いで品物といっしょにかごの底に隠《かく》してから、急《いそ》いで裏口に行って、ちょうどパンを届《とど》けにきたふりをしたんです。そして、ジニイといっしょに、犯人《はんにん》を探《さが》しに二階に行った時、そっと窓を閉めて、カギをかけたんでしょう」

と、ファットがいった。

「泥棒しといて、犯人を探すんだから、勇敢《ゆうかん》なわけだ」

グーンさんは、にがい顔をしてトイットをにらみつけた。

「おまえ、うまくやったと思っとるんだろう？　まったく、なんて悪《わる》がしこいやつだ！」

「まったくですね、グーンさん。大胆《だいたん》で、頭の回りがはやくなくちゃできないことですよ。その頭を、もっといいことに使《つか》えばいいのに」

と、ラリイがいった。

「ファット、十字模様《じゅうじもよう》の、へんなあとは何？」

「それはね、ちょっと来てごらん」

みんな戸口に集まった。グーンさんは、トイットの腕《うで》をとって立ちあがって来た。ファットは、バスケットを持って土の上に置き、また持ちあげた。

「まあ、十字模様の印《しるし》がついたわ。ファットって頭がいいのねえ」

と、デイジイが叫んだ。

「やあ、そういえば、ロッズウェイの家の外でもその型《かた》を見たよ」

と、急《きゅう》にピップがいった。

「そうだ。泥棒のはいったあとには、みんなついているはずだ。トイットはバスケットをどこかにおかなくちゃならないからね」

みんな部屋《へや》に戻《もど》った。

「だから、トイットは、いつもよごさないようにといって、パンを布に包《つつ》んでたんだな。くつや手袋や盗んだものをいれるのに」

「トイット、大きなくつは、いとこのケイさんのところから盗んだんだろ？」

と、ファットがたずねた。

「あっしは盗まない。お金をはらった」

「そう、百円だけね。みんな、きみのことを人がいいと思った」

「グーン君、きみもトイットをあやしいと考えていたんだろうね」

警部がきいた。

「はあ、つまり、あやしいと思わなくても、よく考えれば、だんだんとそのようにわかりましたところで……。フレデリックのほうが、ちょいと先でしたが……」

「グーン君、トイットを連《つ》れてってくれ。それから、パン屋に知《し》らせて、かわりの配達人《はいたつにん》をよこすように伝えてくれ」

トイットは、グーンさんに連れていかれた。ジェンクス警部はにっこりした。

「よくやってくれた。『五人と一匹《いっぴき》』探偵団諸君《たんていだんしょくん》！　どこかでアイスクリームでも食べよう」

「ウフフフ」

ベッツは、うれしそうに警部の腕にぶらさがった。

◇第2話おわり◇

※本書はエニード・ブライトン原作『ぬいぐるみのネコ』（一九六五年刊）、『見えないどろぼう』（一九六九年刊、ともに小社）を再編集して新たに刊行したものです。その際、明らかな誤記や誤植、差別的な表現、用字・用語の不統一などについては編集部の責任で修正いたしました。また、度量衡および貨幣の単位などについても時代の変化に伴い、不具合が感じられる箇所については編集部の責任で改めました。

五《ご》人《にん》と一《いっ》匹《ぴき》 Ⅲ

見《み》えない犯《はん》人《にん》

2003年12月26日　初版第１刷発行
2012年11月７日　初版第５刷発行

原　作　エニード・ブライトン
訳　者　前田《まえだ》三恵子《みえこ》　勝又《かつまた》紀子《のりこ》　松本《まつもと》理子《みちこ》
発行者　村山秀夫
発行所　実業之日本社
〒104-8233 東京都中央区京橋3-7-5 京橋スクエア
電話（編集）03-3535-3361（販売）03-3535-4441
ホームページ　http://www.j-n.co.jp/

印　刷　大日本印刷
製　本　ブックアート

ISBN978-4-408-39545-6　（趣味・実用）